AF423802

La belleza oculta

REMINISCENCIAS I I I

La belleza oculta

Agustina Lawson

Lawson, Agustina

La belleza oculta / Agustina Lawson. - 1a ed. - Ciudad Autónoma de Buenos Aires : Amapola, 2019.

232 p. ; 22 x 15 cm.

ISBN 978-987-47465-1-1

1. Narrativa Argentina Contemporánea. I. Título.

CDD A863

© 2019, Agustina Lawson

Ilustraciones de tapa: gentileza de la artista Martha Chica Salas
© Martha Chica Salas

Esta edición fue confeccionada por:
VERSAL HACEMOS LIBROS
versalhacemoslibros@gmail.com

Amapola Editorial

Coordinación: Santos Tiscornia

ISBN: 978-987-47465-1-1

Primera edición: noviembre de 2019

Todos los derechos reservados. Esta publicación no puede ser reproducida, ni en todo ni en parte, ni registrada en, ni transmitida por un sistema fotoquímico, electrónico, magnético, elecrotópico, por fotocopia o cualquier otro, sin permiso previo por escrito de los titulares del *copyright*. Su infracción está penada por las leyes 11.723 y 25.446.

Agradecimientos

Esta Trilogía fue posible gracias a un complejo entramado de seres que me guiaron e inspiraron en el proceso de escribirla. Expreso aquí mi puntual gratitud para aquellas personas que cobraron protagonismo mientras lo hacía:

Mariana Ithurralde Caride y Nicolás Moreno. Ellos se materializaron mágicamente en mi vida luego de haber publicado *Detrás del Mar* sumergiéndome en lo profundo del misterio y ayudándome a percibir las conexiones entre los dos mundos: el de la ficción con el de la red que la sostuvo.

Francisco Peralta, el hombre que inspiró el personaje de Panchito y alguna vez me dijo que mi libro se vendería en una librería de Cartagena de las Indias regalándome la locación de la quinta y última parte.

Gloria Bass, Mariana Ramirez, Korina Miguel y Mariavi Hormaechea. Fieles e incansables lectoras de la trilogía de principio a fin. Su generosa disposición para leer los borradores con el corazón abierto ayudó a darles vida capítulo a capítulo.

Matías de Preindlsperg. Su mirada tierna, aguda y profunda me acompañó en el proceso de la corrección de los manuscritos ayudándome a encontrarles un nuevo orden. Encontrarlo a él fue una bendición en mi camino.

Y finalmente mis amigos y amigas, esa extensa red que sería imposible nombrar ahora, pero que participó activamente sosteniéndome con su amor y su confianza. Ellos saben quiénes son, y que sin su apoyo en algunos tramos de mi vida no hubiera podido sostenerme en este mundo.

Gracias, a cada uno de ellos.

*Para Valentina,
entrañable compañera de vuelos
en los días más radiantes de mi vida.
Y en las noches más oscuras.*

PRIMERA PARTE

El jardín

1

Mariana va a morir hoy.

Tiene setenta años, cuatro meses y seis días. Hace doce se perdió en la oscuridad de su memoria y hace siete que descansa sobre este banco (el de Penélope) con insomne paciencia.

Mariana va a morir, hoy.

Está lista.

El jardín donde se encuentra es bello y luminoso. Nicolás e Irene parquizaron un terreno con vista al río con la intención de generar un espacio sanador para ella, y lo lograron. El delicado perfume de las rosas mezclado con el olor de los frutales crea exquisitas fragancias que en verano se expanden a lo largo de toda la cuadra llegando a veces hasta el Río de La Plata.

Luego de casi tres décadas de vivir en Nueva York Nicolás decidió volver a la Argentina. Esperaba que los olores y las texturas de su infancia la ayudaran a su mujer a encontrar el camino de regreso a sí misma. Pero esto no ha sucedido, ni sucederá.

Mariana va a morir.

Hoy.

Una vez instalado en Buenos Aires comprendió que la mudanza no aportaría ninguno de los resultados esperados. Su esposa no mostraba signos de mejoría, ni uno. Más bien todo lo contrario. La extraña enfermedad que la aquejaba la fue sumergiendo en un mutismo cada vez más salvaje del cual parecía imposible rescatarla.

Sin embargo conservaba intacta la esperanza de que algún día ella despertara y volviera a hablarle. Lo anhelaba con la obstinación ciega de los amantes: en secreto.

A pesar de que creía haber regresado al país por eso, en realidad era él quien necesitaba volver. Reencontrarse con los fragmentos del alma que había dejado caer en el camino al escapar. Escuchar las voces de su infancia y respirar hondas bocanadas de aire húmedo porteño.

Como si volviendo adonde todo comenzó pudiera torcer el rumbo de su destino.

Entonces compró una antigua casona en San Fernando situada en lo alto de una barranca. La casa tenía una vista privilegiada al río. Estaba venida a menos, sí, pero conservaba intacta la magia del estilo francés de comienzos del siglo veinte.

Lo primero que hizo fue refaccionarla. Le agregó unos enormes ventanales, la pintó de azul y diseñó sobre ella coloridos murales que poco a poco la fueron cubriendo entera.

El despliegue de los interminables andamios desde donde le dio vida a sus criaturas alarmó a los vecinos, que intentaron frenar el proyecto en la municipalidad. Pero Nicolás no prestó atención a los reclamos, y enceguecido por el fervor creativo continuó con la tarea. Cuando dio la última pincelada y cayó exhausto ante la obra concluida los vecinos se quedaron sin aliento. Los murales eran auténticas obras de arte. Concluyeron por unanimidad que el nuevo dueño de la casa era un artista extravagante, por cierto. Pero talentoso.

Finalmente construyó en la planta alta un atelier vidriado adonde hoy pasa los días pintando, o intentando pintar.

2

Invierno del dos mil siete.

Luego de evaluar la idea un millón de veces Nicolás tomó impulso y se contactó con Irene. Le mandó un *mail* preguntándole si podría viajar a Buenos Aires (vivía en París hace unos años) para ayudarlo a diseñar el parque. Acababa de terminar con la refacción en la casa, pero no sabía cómo seguir con el exterior. Sin duda su asesoramiento sería de gran ayuda ya que en los últimos años ella se había convertido en una auténtica experta en paisajismo.

Desde que su mujer se había perdido en la entreverada red de su enfermedad Nicolás e Irene intercambiaban novedades vía *mail*. Al comienzo lo hacían una vez al mes, para comentar los detalles de la evolución de la enferma. Pero luego empezaron a hacerlo con frecuencia y para hablar de todo un poco. *Mails* cortos pero afectuosos.

El hábito surgió por iniciativa de él. Fue la manera que encontró, torpe y desesperada, de recuperar algún tipo de contacto con Mariana. Irene lo entendió así y accedió al intercambio a pesar de que tenía sus reservas respecto a mantener una amistad cibernética con el marido de su amiga.

Era bizarro sostener un vínculo más allá de lo cordial con Nicolás, el absurdamente más joven marido de Mariana al cual siempre había considerado un hippie sucio y desaliñado. Ni en la más ridícula de las ficciones hubiera creído posible esto unos años atrás.

A pesar de que los *mails* siguieron manteniéndose relativamente cortos, luego de un tiempo comenzaron a ser más íntimos.

Intercambiaban confidencias, desde nimiedades hasta pensamientos profundos. Y así, casi sin darse cuenta, los *mails* se fueron volviendo cada vez más espontáneos y sinceros. Hasta que un día terminaron siendo una necesidad. Los dos esperaban ansiosos una señal en las pantallas de sus computadoras que les anunciara que el otro estaba allí, presente del otro lado del océano.

Nicolás comenzó a concebir las palabras de Irene como los ecos remotos de las respuestas que su esposa no podía darle. Si bien eran muy distintas, había algo en estas dos mujeres en lo que eran esencialmente iguales. Después de todo por algo habían sido tan amigas.

Irene se preguntó si estarían cruzado un límite indebido el día que comenzó a ocultarle los *mails* a su esposo. Cambió la clave en su casilla de correo por otra clave indescifrable, e intentó restarle importancia al asunto diciéndose que Nicolás se sentía solo y necesitaba el apoyo de una amiga. No había nada de malo en ello. De hecho, lo hacía por su amiga, en honor a ella. Simplemente resguardaba la intimidad de una labor sagrada.

Al mudarse a París para acompañar a su esposo en su nuevo rol como diplomático se dedicó con ahínco a desempeñarse como la mujer del embajador, papel que efectuó a la perfección. Pero lo que realmente le daba sentido a su vida en Europa eran los fines de semana en la campiña francesa. Cada vez que tenían un hueco en su apretada agenda salían a pasear en su descapotable rojo y se alojaban en algún hotel boutique durante dos o tres días. Esas escapadas era lo que más disfrutaba. "El beneficio de no tener hijos, le dan esa libertad a una". Se decía a sí misma, y de tanto decírselo terminó por convencerse.

Se enamoró perdidamente de los jardines europeos. A poco de mudarse a Francia ya era una experta en ellos, así que la idea de volver a encontrarse con Mariana para crearle el jardín de sus sueños la entusiasmó de inmediato.

No dudó un instante en acudir a la cita.

3

El encuentro en Ezeiza resultó un poco incómodo para los dos.

Nicolás la esperaba a la salida de migraciones con los brazos cruzados sobre el pecho dando pequeños golpecitos secos con el pie.

Después de fantasear durante meses con ella no sabía con qué se iba a encontrar, y estaba nervioso. Habían pasado años desde la última vez que la había visto en Nueva York, casi seis años.

A pedido de su mujer la había acompañado al JFK porque ella se sentía muy débil y no quería que su amiga partiera de regreso a Túnez sola. En aquel momento eran prácticamente dos extraños. Incluso no se tenían demasiada simpatía.

Pero ahora, con la inesperada relación virtual que habían entablado todo era distinto. No sabía qué iba a sentir cuando se volvieran a ver en persona, y no había manera de anticiparlo. Lo carcomía la ansiedad.

El descubrimiento los dejará perplejos, perturbados, contentos. Como un paisaje que se le revela a uno luego de un largo viaje en la oscuridad, deslumbrándonos.

Nicolás ya no era tan joven, tenía cuarenta y cinco años, y si bien había envejecido se conservaba extraordinariamente atractivo. Unas incipientes canas en las patillas y su barbilla le daban un aire a galán maduro, y sus ojos que parecían dos almendras oscurecidas en la humedad del bosque no conservaban esa cualidad animal que lo había distinguido en su juventud, pero mantenían la intensidad y la franqueza.

Como la mañana era fresca se había puesto un pantalón de corderoy verde militar con una chaqueta de cuero negra. A través de la bufanda color gris topo asomaba un mandala psicodélico de colores. Ni bien lo distinguió entre la multitud Irene pensó con disgusto: "¿Cómo puede un hombre de su edad vestir así? ¡Por Dios!".

Ella acababa de cumplir cuarenta y dos años, era rubia, de ojos azules y a primera vista se parecía mucho a Mariana sólo que más alta. Se parecían tanto que podrían haber sido madre e hija.

Su estilo era distinguido y aristocrático. Interactuar más de la mitad de su vida con personas de diversas culturas había diluido en ella esa tendencia tan característica de las argentinas a atarse demasiado a los designios de la moda. Traía un pañuelo Hermes enrollado al cuello y un vestido de cashmere color caqui.

La penosa experiencia en migraciones con los argentinos a los codazos en la fila la había dejado exhausta. Desacostumbrada a este caos pensó, irónica: "Sin lugar a dudas, estoy en casa. Hogar dulce hogar. ¡Dios mío, qué pesadilla!".

Ni bien vio a Nicolás a lo lejos lo reconoció al instante, se dirigió hacia él decidida.

La piel tostada por el sol europeo resaltaba sus ojos azules dándoles una profundidad inquietante. "Esos ojos parecen salidos del Pacífico, Dios mío, es mucho más linda de lo que me acordaba", se dijo Nicolás mientras la observaba caminar hacia él en cámara lenta. "Y mucho más alta". Los tacos de sus zapatos no tenían más de un centímetro, sin embargo prácticamente lo pasaba en altura.

Cuando finalmente se encontraron frente a frente se sonrieron sin decir una palabra. Él la tomó delicadamente de los hombros y la besó. Dos besos, uno en cada mejilla. Cuando se dispuso a abrazarla ella se encorvó como un gato asustado, por lo cual él la soltó rápidamente. Forzar ese abrazo hubiera sido incómodo. Para salir de la situación embarazosa sugirió ir lo más rápidamente posible hacia el auto para evitar el tráfico. Lo había estacionado cerca, así que si cargaban las valijas podrían llegar hasta él sin el estorbo del carrito. Luego de comprobar el peso de los bultos agregó:

—Yo las llevo. Apurémonos, porque la General Paz en la hora pico puede ser un infierno. Aprovechemos que todavía no amaneció así llegamos a casa temprano y yo personalmente te preparo un rico desayuno frente a la chimenea. ¿Qué te parece?"

Irene asintió aliviada. La propuesta del desayuno y la chimenea la entusiasmaron, y el argumento del tráfico le pareció una excusa sensible para salir del paso. Sonrió agradecida.

—Dale. Después del cansancio del viaje y la experiencia en migraciones tu propuesta me resulta francamente encantadora.

Durante el viaje él habló sin parar. Entusiasmado enumeró cada uno de los detalles de la refacción en la casa. Nunca había hecho murales antes, y estaba sorprendido con lo fluido y entretenido que le había resultado el proceso. Confesó que no veía la hora de comenzar con el jardín, y lo ansioso que estaba por escuchar sus propuestas.

Ella lo escuchó atentamente. Sólo cuando del otro lado del parabrisas aparecía algo que llamaba su atención desviaba la mirada distrayéndose un instante, pero enseguida volvía su atención a él asintiendo con la cabeza.

Nicolás aprovechaba estas pequeñas digresiones para espiarla de reojo, y luego seguía con su relato.

A Irene le llamó la atención que hablara tanto de la casa y tan poco de Mariana. Mencionaba las innumerables refacciones en la casa, las particularidades del barrio y su geografía, el clima, la ciudad, la gente. De todo, menos de Mariana.

Esto hizo crecer en ella la inquietante sensación de que estaba esquivando el tema. No se equivocaba.

4

Estacionaron.

A primer vistazo Irene rechazó las refacciones. Pasmada, miró los murales y pensó que no sabía cómo iba a hacer para ocultar su disgusto. Si bien reconocía que eran imponentes, los consideraba fatales en relación al estilo. Vino a la Argentina con la ilusión de diseñar un jardín francés, y lo que estaba ante ella distaba tanto de ser lo que esperaba que concluyó que iba a ser sencillamente imposible. Bajó del auto intentando corregir sus percepciones. Tal vez era la primera impresión. Hasta que se adaptara, se dijo. Pero no, sin lugar a dudas era atroz.

Al no saber qué decir decidió no decir nada, y su silencio lo dijo todo. En casos así era mejor apelar a la prudencia. Su temperamento impulsivo la hacía actuar de manera desconsiderada a veces, y no quería lastimar a Nicolás que la había recibido tan cálida y amablemente.

No sospechaba que lo peor aún estaba por llegar.

5

Ingresaron a un pequeño hall de entrada y luego de apoyar las valijas sobre el piso Nicolás abrió la inmensa puerta de pinotea y vidrio repartido que daba a un pasillo invitándola a pasar. Hizo una reverencia.

—Bienvenida a nuestro hogar Irene —dijo solemne—. Mi casa es tu casa.

Ella avanzó considerando que el gesto le había parecido un poco rimbombante, y no sabía qué pensar. "Que mala soy. Después de todo es un gesto simpático, empalagoso, pero al fin y al cabo educado. Aunque claramente no sea su estilo", se dijo, luchando contra la ambivalencia.

Caminó a través de un pasillo hasta que cayó en la cuenta de que estaba a punto de encontrarse con su amiga. El pasillo se le hizo interminable, así que avanzó aferrándose a la cartera y conteniendo el aliento.

Él caminó tras ella.

Cuando finalmente entró al living lo primero que vio fue a Mariana sentada junto a un ventanal a su izquierda. Los destellos de la luz del amanecer le daban directamente en los ojos, pero ella se mostraba imperturbable. Sus ojos estaban fijos en el infinito como si nada de lo que la rodeaba fuera importante. Sus manos cruzadas sobre las rodillas y su columna erguida estaban tan tiesas que parecían esculpidas. Por un instante le pareció que en realidad era una estatua mal hecha, o una muñeca inmensa. Pero no, era su amiga. Se llevó una mano hacia la frente entornando los ojos. Tal vez lo que estaba viendo era una distorsión fruto del encandilamiento o el cansancio. Todo a su alrededor parecía haberse cubierto por un viso de irrealidad, como si sin darse cuenta hubiera aterrizado dentro un sueño.

Cuando finalmente asumió que lo que estaba viendo era su amiga una oleada de frío le recorrió la espalda. Sintió un puñal helado descendiendo desde su cerebro hasta la base de su columna. Las piernas paralizadas. Los pies clavados al piso.

Nicolás estaba acostumbrado a verla así, evidentemente. Pero ella no. Ella no podía creer en lo que se había transformado su amiga. Una cáscara vacía, una bolsa de huesos. Sólo eso había quedado de ella, un despojo. Si hasta sus ojos ya no parecían humanos.

"Merecería estar muerta, pobre santa", se dijo apretando las mandíbulas.

Nicolás apoyó suavemente una mano sobre su hombro transmitiéndole confianza e invitándola a acercarse. El gesto la rescató y la ayudó a retomar la iniciativa. Caminó con prudencia hasta Mariana.

Una vez ante el sillón se arrodilló para tomarla de las manos. Las sintió cálidas y suaves. Esto le confirmó que no estaba muerta y le devolvió el alma al cuerpo.

—Marian querida... ¿Cómo estás? —La pregunta quedó repicando en un vacío extraño, como si hubieran sellado la habitación—. Sólo vos podías lograr que volviera a la Argentina. Mirá que mi familia lo intentó eh... Pero sólo vos podías lograrlo. —Sonrió. Quería que el comentario sonara risueño, pero su sonrisa rápidamente se transformó en una mueca—. Estoy recién llegada de París. Ahora vivo allá, sabés. Mirá, todavía ni siquiera deshice las valijas. —Las señaló con la mirada—. Vine especialmente para verte mi querida, te extrañaba. —Reforzó la frase con un apretón de manos—. Además Nico me pidió que viniera a ayudarlo a diseñar un jardín especialmente pensado para vos. Quiere rodear la casa con un parque que ayude a tu recuperación. Vas a ver, va a ser el mejor jardín del mundo. Te lo prometo. No hay nada que la naturaleza no pueda curar. Si uno se lo propone, claro. Porque vos vas a tener que poner algo de vos che, esforzarte un poquito Marian. No podes rendirte así *my dear*. Nosotros vamos a poner los colores, los aromas y los sabores pero vos vas a tener que encontrar adentro tuyo algo de voluntad para volver. ¿Sabés? Los médicos dicen que no entienden qué te pasa... La naturaleza tiene poderes milagrosos amiga. Si lo intentás podes lograrlo, estoy segura. —Le apretó las manos con más fuerza, pero no hubo respuesta—. Ahora que no necesito trabajar puedo disponer de mi tiempo como quiera sabés, así que me voy a quedar el tiempo que sea necesario. Hasta que el jardín no quede glorioso, no paro.

Ante su total falta de reacción Irene decidió callar y acomodarle un mechón de pelo detrás de la oreja. Luego deslizó suavemente sus dedos por detrás de su cuello deteniéndose allí para acariciarla. Palpar su pulso la ayudó a recobrar el valor.

Nicolás observaba todo lo que estaba sucediendo a una distancia prudencial, jugando con un objeto que había tomado de una mesa ratona haciéndolo girar en sus manos.

—Ojalá puedas disfrutarlo Marian. Aunque estés así, tan ausente. Es un mundo maravilloso el de las plantas sabés, lo descubrí hace poco. Muy distinto al de la Antigüedad... ¿Te acordás cómo me apasionaba ese mundo cuando nos conocimos en Túnez? Bueno, ya viste cómo soy... Yo cuando me apasiono, ¡me apasiono! —Sonrió—. Pero ahora valoro más los parques. A diferencia de las ruinas son organismos vivos, increíblemente dinámicos. Hay algo en lo estático de las ruinas que ya no me atrae como antes... —Luego de decir esto se calló bruscamente y sus ojos se pusieron vidriosos.

—Dios mío Mariana, ¿cómo pudiste terminar así? ¿Cómo pudiste terminar convirtiéndote vos en una ruina? —Frunció los labios llevándose una mano hacia la boca. Cerró los ojos, y las lágrimas comenzaron a correr por sus mejillas. Luego de unos segundos sin saber cómo seguir decidió levantarse. Le dio un beso en la frente, apoyó el pulgar sobre su entrecejo y se enjugó las lágrimas. Finalmente corrió intempestivamente hacia una puerta suponiendo que detrás de ella habría un *toilette*. Necesitaba encontrar un lugar adonde refugiarse a llorar tranquila. Desapareció tras la puerta de un portazo.

Nicolás dudó si intervenir o no, pero decidió no socorrerla. Entendió que necesitara estar a solas para procesar el dolor y el espanto.

A él le había llevado años.

6

Después de horas de ostracismo Irene decidió salir al jardín y allí estaba Nico, esperándola. Tenía puestos unos anteojos negros y vestía igual que por la mañana, pero sin la chaqueta de cuero ni la bufanda ya que era un mediodía soleado.

Irene se veía distinta, más liviana. Estaba vestida con unos pantalones beige, una blusa de seda blanca y un sweater gris encima.

—¡Uau Nico! Este terreno es maravilloso. Y la vista... ¡Es impresionante! Tiene miles de posibilidades, de verdad. Una belleza. Mi cuarto da para el otro lado y todavía no había podido apreciarla. Bueno, llegué tan perturbada que no pude apreciar nada en realidad.

—Y sí... No es fácil. ¿Viste qué lindo? Mirar el río es mi terapia diaria. Me hace mucho bien.

—No te equivocaste al elegir este *spot*. La vista es espectacular, y tiene unos árboles divinos que vamos a poder aprovechar maravillosamente. Te felicito, de verdad. Muy buena elección.

—Gracias. ¿Pudiste descansar un poco? ¿Estás mejor?

—Sí. Gracias. Mi *suite* es comodísima y me di un buen baño que me ayudó a relajarme bastante. Disculpame el exabrupto de hoy por la mañana...

—¡Pero no te preocupes por Dios! Te entiendo perfectamente. No debe ser nada fácil llegar después de tantos años y verla así a Mariana, de sopetón. Por más preparada que estés.

—Sí. No sé cómo hacés vos, te juro, es espantoso. Cómo aguantás verla en este estado todos los días... Supongo que con el tiempo te has ido acostumbrando. Como les pasa a los médicos, que llega un momento en que ya ni registran el horror que los rodea. —Mientras la escuchaba Nicolás acariciaba el borde del cuello de su remera.

—Y sí... Te entiendo. El primer impacto siempre es fuerte. Date tiempo. Vos también vas a ir acostumbrándote de a poco, vas a ver.

—Perdoname si mi reacción fue así, un tanto dramática. Pero me costó asimilar el impacto sabés. Y la verdad te digo, no sé si quiero acostumbrarme. Como dijiste, la última vez que la vi a mi amiga estaba lúcida y si bien estaba enferma y cansada no era esto en lo cual se ha convertido, ni remotamente. Ya sé que en los *mails* vos me lo advertiste. Pero una cosa es leerlo y otra cosa muy distinta es verlo. Es un *shock*. La enfermedad y la muerte no son mi fuerte, sabés. Son un aspecto de la vida que me cuesta un poco aceptar. —Se aferró a su *sweater* protegiéndose del frío aunque no hiciera frío. Luego comenzó a examinar las hojas de una planta—. Pero bueno, aquí estoy. Aquí estamos. Ella ha sido mi amiga más querida sabés, a pesar de nuestra diferencia de edad. Como una hermana te diría. Y lo que vos digas que es lo mejor para ella va a ser lo mejor para mí. Aunque no lo entienda. Lo que sí tengo clarísimo es que Marian ha sido una afortunada. Ojalá un hombre me amara y cuidara con la mitad de la dedicación con la cual la estás cuidando vos a ella.

—Hago lo que puedo Irene, no te creas. No es fácil. De alguna manera me fui acostumbrando y ya ni registro un montón de cosas, es verdad. La cotidianidad es un analgésico poderosísimo que te adormece mejor que ninguna sustancia, tiene el poder de desdibujar lo que sea —se frotó el pelo—, hasta el horror más espantoso. Pero por otro lado debo decirte que algunos recuerdos no dejan de atormentarme. Serle fiel a la promesa que le hice a tu amiga de confiar en su proceso y ver más allá de las apariencias a veces me resulta un esfuerzo titánico. Yo le prometí no aferrarme a los recuerdos y dejarla ir… Pero no es fácil. Nada fácil. —Hizo un silencio frotándose la sien—. Al principio me costó más, obvio. Pero todavía me cuesta. Si me guío por las apariencias ella ya no está. Una fuerza oscura y diabólica se la llevó y dejó esta masa de carne tibia a cambio… —Irene tragó saliva haciendo un esfuerzo para deglutir esa imagen—. Pero a veces, sólo a veces, si cierro los ojos y la toco puedo sentir que aún está con nosotros. Lo intuyo. Tengo la impresión de que está dormida con los ojos abiertos. Como si estuviera perdida en un sueño interminable del cual no logra despertar. Parece que su conciencia ya no está, porque indudablemente eso parece, pero yo sé que la mujer que amé toda la vida todavía está encerrada dentro de ese cuerpo. Hasta ha envejecido distinto, ¿no te parece? Como si la enfermedad la hubiera inmunizado a la vejez. Es rarísimo. —Hizo una pausa—. Lo que tengo clarísimo es que mientras ella esté viva yo no la voy a abandonar. No lo voy a hacer. —Dirigió su mirada hacia el río—. No me importa lo que digan los médicos o el mundo. Ella todavía está aquí y yo lo sé. No lo voy a hacer.

Irene lo escuchó pensativa.

De pronto percibió todo a su alrededor más liviano y traslúcido. Como si el sonido de los pájaros y el viento entre los árboles se entrelazaran con sus palabras dándole más consistencia a la escena, y a la vez más liviandad.

Una extraña percepción del tiempo y el espacio.

7

Se le fijó en la cabeza la idea de crear un parque repleto de flores y frutales para su amiga. Un pequeño paraíso, que en primavera generara una explosión viva de aromas y sabores. Con árboles, rosas, y hasta un lago.

"El vergel de Mariana", así lo nombraba una y otra vez en su cabeza mientras lo diseñaba.

Aprovechando que parte del terreno tenía una ladera inclinada hacia el río su primera decisión fue crear una serie de terrazas descendentes para armar sobre ellas inmensos canteros con flores de diversos colores. Particularmente rosas.

—Tenemos que estimularla a través de los sentidos. —Sentada sobre el borde de la mesa ratona del living improvisó un plano sobre una de las servilletas que robó de la bandeja del té. La acomodó sobre un libro de arte que luego apoyó sobre sus rodillas. Gesticulaba con entusiasmo mientras garabateaba unos bosquejos.

Nicolás la observaba sentado sobre el sillón con los brazos apoyados sobre el respaldo. Cada tanto su mano derecha acompañaba el ritmo de "Las Cuatro Estaciones", de Vivaldi. Con el dedo índice dibujaba pequeños círculos en el aire que por momentos se transformaban en ochos, y luego nuevamente en círculos.

"Se parecen a los anillos de humo que hacía cuando fumaba. Dios mío, cómo extraño el cigarrillo", pensó ella. "Qué bien me vendría uno ahora".

"No me equivoqué en llamarla", pensó él. "Ahora entiendo por qué Mariana la quería tanto. Es adorable".

Una antigua lámpara a un costado del sillón y el fuego chisporroteando en la chimenea de piedra eran la única iluminación. El sol acababa de ponerse, pero ninguno de los dos quería arruinar el momento levantándose para encender una luz.

—Me parece que tenemos que estimularla a través de todos los sentidos, no sólo el visual y el olfativo. El auditivo también. Podemos poner una fuente con agua en algún lado, por ejemplo aquí. —Señaló un punto en el mapa—. El sonido del agua fluyendo puede ser muy tranquilizador, ¿no? Un gran sedante natural.

Nico asintió con la cabeza.

—De paso podría funcionar como un espejo de agua donde floten unos nenúfares y se multipliquen las imágenes. Con un banco cerca para tener donde sentarse a disfrutarlo. Cuando se abren los nenúfares al atardecer son una belleza, ¿no? —Su entusiasmo fue *in crescendo*. También podemos plantar un sauce llorón por ahí cerca. El sauce es un árbol que ama el agua y crece rapidísimo. Y regala una sombra deliciosa en verano... Los veranos porteños pueden ser tan húmedos... Marian podría disfrutar muchísimo de esa sombra, ¿no? —Si bien Irene hace preguntas retóricas, esta sí esperaba una respuesta. Sacó la mirada del plano y levantó la vista para observarlo atentamente—. Porque las temperaturas las siente, ¿no? —Nicolás asintió con la cabeza—. ¡Okey! —respondió aliviada—. Y en invierno podrían correrle el banco al sol. ¿Sabías que tomar un poco de sol unos veinte minutos al día es una indicación terapéutica para combatir la depresión? Bueno, sigamos... Amo el reflejo de las hojas de los sauces llorones sobre el agua. Tengo imágenes inolvidables de cuando mis tías abuelas solteronas nos llevaban los fines de semana al Tigre. Debo haber tenido siete, ocho, o diez años. Íbamos primero en tren y después en lancha colectiva. Era un programa fantástico. Lo que más recuerdo son las hojas de los sauces bailando sobre el río. No sé por qué, pero eso es lo que más se me quedó fijado en la cabeza —dijo ya sin una pizca de añoranza por el jardín francés de sus sueños.|

Nicolás se levantó para tirar unas piñas secas a la chimenea y agregar unos leños. No encendió la luz, ya que avivar el fuego era la mejor opción para conservar la habitación iluminada sin romper la magia. Mientras él hacía esta maniobra Irene dejó de lado el boceto sobre la mesa ratona para acomodarse sobre el sillón.

—¿Viste cómo se incrustan en la memoria esos recuerdos de la infancia? —Comentó él—. Es impresionante. Yo también disfruté muchísimo del Delta cuando era chico. En parte por eso elegí venir a vivir a San Fernando, cerca del río. Hasta los olores se me impregnaron en la memoria. —Luego de colocar de nuevo el chispero Nicolás retornó al sillón para acomodarse a una prudencial distancia—. Está buenísima la idea de la fuente y los nenúfares Irin, ¡me encantó! —Parecía entusiasmado—. ¿Sabías que yo también había pensado en poner una fuente con un banco en algún lado? Se ve que estamos sintonizados che, tenemos las mismas ideas. Te digo más, estoy negociando con el director del psiquiátrico donde trabajó Marian cuando era joven porque quiero recuperar un banco que quedaría genial en nuestro jardín. Es un banco muy especial, con mucha historia. Me dijeron que está un poco desvencijado el pobre, lo tenían arrumbado por ahí. Pero lo podría recauchutar. —Sonrió—. ¡Es increíble que lo hayan conservado todos estos años! Los pocos que quedan de aquella época lo recuerdan como el banco de Penélope. Seguramente sobrevivió a las décadas porque es una verdadera reliquia, el símbolo vivo de aquella época. Penélope era una paciente del psiquiátrico que se pasó más de la mitad de su vida sentada sobre ese banco. Era su lugar en el mundo. —Reforzó el sentido de pertenencia en la frase—. Una mujer muy especial nuestra Penélope. Descubrí la verdadera dimensión de su importancia con los años. Como la mayoría de las cosas importantes que nos pasan ¿no? Recién con el paso del tiempo logramos vislumbrar su trascendencia. El paso del tiempo permite que afloren los detalles que no supimos ver entonces, o dejamos pasar. Y es en esos pequeños detalles donde finalmente se juega nuestro destino. En una mirada, en un gesto. Esas cosas son las que terminan definiéndolo todo. —Se quedó pensativo observando el cielo a través de la ventana—. Es increíble la manera que tiene el tiempo de borrar casi todos los detalles y exacerbar otros construyendo mundos alrededor suyo ¿no? Como planetas girando alrededor de su sol. —Irene asintió apoyando la quijada sobre una de las palmas de su mano abierta—. Todos la llamábamos Penélope, porque nadie recordaba su verdadero nombre. Las enfermeras la bautizaron así porque podía pasarse horas sentada sobre su banco esperando a un antiguo amor de su juventud. Todos los días de todo el año. Creo que el susodicho se llamaba Jorge. Ella no se paraba ni para ir al baño, en invierno y en verano. Y aunque él se había ido hacía años estaba convencida de que iba a volver por ella y quería estar ahí para recibirlo. Jorge le había prometido que cuando juntara los dólares para casarse volvería, pero nunca volvió. Obvio. Es notable cómo hice para recordar ese nombre, Jorge —dijo reflexivo—. Sí, así se llamaba, Jorge. Mira qué arbitraria y misteriosa puede ser la memoria, ¿ves? No sé de dónde salió ese nombre, de qué recóndito lugar de mi inconsciente. Pero ahí estaba, esperándome. Mi querida amiga Penélope no tejía mientras lo esperaba, pero salvo por ese pequeño detalle era la mismísima encarnación del mito. No tejía, pero miraba. Y mientras lo hacía acariciaba a alguno de sus gatos. Porque siempre tenía algún gato encima. Los alimentaba y los cuidaba como si fueran sus hijos. Además de Jorge su otra gran pasión eran los gatos. —Nicolás se acomodó sobre el sillón ladeándose a un costado—. Convivían en esa mujer una fortaleza y una fragilidad increíbles, de una extraña manera que jamás he vuelto a ver. Era sensible a las necesidades de los demás, y al mismo tiempo lo vivía todo con cierta liviandad, como si no hubiera que tomarse nada demasiado en serio. Era sabia e ingenua. Tierna y frágil. —Se rascó la nariz—. No se le escapaba nada. Así se cayera el mundo abajo ella siempre estaba allí, con la mirada fija sobre el portón de la entrada. Atenta. —Sonrió—. Lo único que cambiaba con las estaciones era su vestuario. En verano usaba vestidos de lo más provocativos y coloridos. Sus tetas, enormes, siempre se le escapaban un poquito del escote. De una u otra manera. Y yo siempre atento a engancharla en ese desliz. Esas tetas, por Dios... ¡Eran apoteóticas! ¿Ves? Ese sí que es un detalle inolvidable, un detalle sobre el cual se podrían construir universos... —Sonrió cerrando los ojos para recrearlas en su imaginación. Luego los abrió para seguir con su relato—. Los médicos y las enfermeras la amaban, era la preferida del *staff*. Cuando llegaban las donaciones era la que siempre tenía prioridad para elegir la ropa. Como era super coqueta siempre estaba impecable, aunque no dejaba de tener ese rasgo algo bizarro tan característico de los enfermos psiquiátricos, obvio. En ese sentido no escapaba a la regla.

Nicolás suspiró.— Fue necesario prometerles una donación para convencer al director del psiquiátrico de que me entregara el banco. Como te digo, seguro vamos a tener que restaurarlo un poco, pero va a quedar genial al lado de la fuente. Estoy seguro.

—Mirá vos. En su momento Mariana me contó su versión de esta historia. Pero me encanta que me cuentes vos la tuya. Además lo haces tan bien Nico, me encanta escucharte. —Irene recogió sus piernas acomodándolas sobre el sillón mientras acariciaba su pelo hundiendo el antebrazo en el respaldo de terciopelo. Su cuerpo relajado y bien dispuesto estimuló a Nicolás para seguir hablando.

La oscuridad y el fuego los iluminaban.

8

—¡Qué te habrá contado Marian! —dijo Nicolás intrigado—. Pero bueno, yo te puedo contar mi versión de la historia, que por supuesto va a ser incompleta...

—¡Dale! —Irene se reacomodó sobre el sillón intentando acercarse sin que fuera demasiado obvio el imán que la atraía hacia él.

—Quiero recuperar el banco de Penélope porque ahí es donde le declaré mi amor a tu amiga, hace un millón de años. Bueno, o qué sé yo... Así se siente. En realidad pasaron... —contó las décadas con los dedos— treinta y dos años, para ser más exactos. Ese banco es el símbolo vivo de mi compromiso hacia ella. Bueno, ya sabrás... Yo era un imberbe. Un osado. Un mocoso insolente de catorce años. El día que vino a despedirse al psiquiátrico porque se iba a vivir a New York con Bernardo junté valor y le confesé todo. Le hablé de nosotros, de mis recuerdos de otras vidas. Porque yo conservaba intactos recuerdos de otras vidas, sabías eso ¿no? Todos, en detalle. Y no eran delirios míos, creeme. Era durísimo tener toda esa información en mi cabeza y no saber cómo transmitirla. Entonces me sinceré. Le conté cómo veníamos encontrándonos y desencontrándonos hacía siglos. Le aseguré que no quería que siguiera pasando. Que en otras vidas la había lastimado, mucho, y no quería seguir haciéndolo. Visualizá el plano de situación: ella tenía casi diecisiete años más que yo, era mi terapeuta. Una diosa rubia que me volvía loco. Y yo encima había entrado al psiquiátrico con diagnóstico de autismo, ni más ni menos. —Hizo un corto silencio para suspirar—. Después de años de no hablar me decido a hacerlo y lo que digo es que la conozco de otras vidas, y que la amo. La situación no podía ser peor, yo lo sabía. Pero también entendía que no tenía otra opción. Era entonces, o nunca. Tenía que jugarme. A pesar de ser tan joven tenía clarísimo cuáles eran los riesgos de la situación, y al mismo tiempo que era lo único que podía hacer. A veces el cosmos puede ser cruel. —Se acomodó sobre el sillón para sentarse de frente a ella—. Supongo que cuando Marian te contó esto te habrá parecido un delirio. —Buscó indicios de suspicacia en su mirada mientras le hablaba—. Pero bueno, fue así. Creeme. Durísimo. Ahora lo llaman memoria absoluta y nadie se asusta porque la humanidad está lista para abrirse a estos temas, pero en aquel entonces no se podía interpretar de otra manera que como lisa y llana locura.

Esta capacidad para recordar me permitió reconocerla ni bien la vi. Al principio me pareció una maldición, pero con los años empecé a aceptarlo y para cuando finalmente empezaba a aceptarlo empecé a olvidar, y ella empezó a recordar. Muy loco todo ¿no? Parece un trabalenguas. ¿Me seguís? —Irene asintió con la cabeza—. Tenía sueños muy reveladores Mariana... ¿Eso lo sabías no? —Asintió nuevamente, en silencio—. ¿Alguna vez te hablo de esos sueños? —Asintió una vez más—. La perturbaban mucho esos sueños, no quería saber nada. Y mirá lo que te digo, no sé si no fue esa resistencia lo que la terminó enfermando. Entre otras cosas, obvio. —Se generó un silencio incómodo—. Bueno, volviendo al principio. En realidad la primera vez que la vi yo tenía cinco años, y no estaba en el psiquiátrico. Nos cruzamos siete años antes en un restaurante en la otra punta de la ciudad. Yo era una criatura entonces, literalmente. Estaba comiendo con mi familia en una cantina. Recuerdo su imagen súper nítida, como si la estuviera viendo. —Cerró los ojos—. El lugar era un caos. Gritos, un montón de familias comiendo un domingo por la noche. —Volvió a abrirlos—. Mucha gente hablando al mismo tiempo en un espacio demasiado cerrado y con mala acústica. Ella estaba sentada en una mesa del otro lado del salón. Miraba al vacío con ese rasgo tan característico que siempre la distinguió. Una mezcla de tristeza con serenidad ¿no? —Irene asintió, esta vez melancólica—. La acompañaba su primer novio que casualmente también se llamaba Jorge, después me lo confesó. Ni bien la vi sentí que el tiempo se *freezaba* y todo alrededor nuestro pasaba como en cámara lenta. Entonces tuve la certeza de que ella era mi hogar. Mi hogar te digo, no mi familia. Un refugio. El bálsamo capaz de curar todas mis heridas. Ninguna duda tuve, ni bien la vi. Era ella o nada. No sé cómo explicártelo. La calidez de su mirada captó mi atención de inmediato y para siempre. Vos dirás que era muy chico para hacer todas estas conjeturas, pero el tiempo cronológico en momentos como estos es totalmente anecdótico. Tenía cinco, pero el alma no tiene edad. —Respiró con fuerza como juntando energía para proseguir—. Esas vivencias tienen una cualidad distinta a otros recuerdos, quedan grabadas a fuego en la memoria con una precisión asombrosa. Puedo recordar hasta el más mínimo de los detalles de aquella noche. Te podría describir al mozo que nos atendió, cómo estaba vestido, la decoración del lugar. ¡Todo! Como si en aquel momento mi conciencia se hubiera expandido permitiéndome captar mucha más información de la que habitualmente registro conservando cada detalle.

Nicolás se levantó para avivar el fuego.

Irene lo siguió atentamente con la mirada.

—No podía dejarla escapar. Tenía que decírselo, como sea. No podía dejar pasar esa oportunidad. La imagen de mi madre sacándome a la fuerza del restaurante arrastrándome de los pelos mientras yo me aferraba a esa puerta para no perderla es una de las experiencias más traumáticas y dolorosas de mi vida. Después de eso no volví a hablar, por años. No podía encontrar las palabras para transmitir lo que me estaba pasando. Todos creyeron que era el capricho de una criatura, un berrinche. Obvio. Era desesperante verlo todo tan claramente y no poder expresarlo. —Caminó lentamente hacia el sillón—. Aunque por otro lado si hubiera encontrado las palabras probablemente no me hubieran creído. Supongo que inconscientemente por eso decidí no hablar. Hasta que me reencontré con ella en el psiquiátrico siete años después no volví a decir una palabra... —Apoyando los pies sobre la mesa ratona se sacó los zapatos y luego se sentó en posición de loto sobre el sillón, quedando de frente a la chimenea. Se masajeaba los pies a través de las medias—. Yo sé que todo esto es difícil de creer Irin, pero así fue, te juro. Y por loco que pueda parecerte es la pura verdad. —Irene estaba absolutamente compenetrada con el relato, no atinaba ni a respirar. Mucho menos lo arruinaría todo con un comentario desafortunado. Después de todo a esta altura de su vida ya no sabía en qué creer—. Por suerte mis recuerdos de otras vidas dejaron de tener protagonismo y gradualmente pude empezar a vivir esta vida de una forma más natural. Cuando volví a rencontrarme con Mariana a los veinticinco años en Nueva York ya casi no recordaba. Sólo mantenía la certeza de que tenía que encontrarla, y que si lo lograba nada iba a lograr separarnos. Nada. Me hice artista y viajé a New York con esa esperanza. Pinté un cuadro con su cara y lo expuse en una galería del Soho para ver si así podía encontrarla. —Señaló el cuadro colgado a un costado de la chimenea. Recién entonces se dio cuenta de que estaban prácticamente a oscuras y se levantó para encender las luces de la habitación. Unas dicroicas iluminaron el cuadro, y la imagen de la mujer alada cobró vida—. Sabía que si lograba reconocerse en la mujer-pájaro del cuadro la curiosidad la haría entrar y eso la traería de vuelta a mí. Efectivamente unos meses después pasó caminando frente a la galería y cuando la vio entró. —Nicolás volvió a sentarse—. Mi estrategia había dado resultado. El único dato que tenía para reencontrarla era que en el setenta y cinco se había ido a vivir a New York con Bernardo, nada más. Podían haberse mudado o estar de vuelta en la Argentina. Nos podríamos haber cruzado. En esa época no existía Facebook, ni *mail*, ni nada. Era casi imposible reencontrarte con alguien si no tenías un conocido en común. Sin embargo casi doce años después lo logramos gracias a este cuadro. —Lo miró y sonrió—. Ella tenía cuarenta y dos años y yo veinticinco, imaginate. Yo no estaba del todo seguro qué iba a sentir cuando la viera después de tanto tiempo. Era una posibilidad que mis recuerdos y certezas fueran un hechizo y que al verla no se me moviera un pelo. Sin embargo cuando esa tarde la vi ahí sentada en el Met esperándome me volví a morir de amor. Me volvió a parecer la diosa rubia de la adolescencia que me había enloquecido entonces. Los años la habían conservado intacta. Sentí por ella la misma atracción irresistible de entonces. Nuestros cuerpos son maravillosos vehículos para el reencuentro, sin lugar a dudas. —Inquieta, Irene se acomodó sobre el sillón. Nicolás percibió su inquietud y tomó nota. Debía andar con cuidado.

—Pero volviendo al día de mi declaración. Yo necesitaba meditar muchísimo sobre cómo encarar a Mariana para decirle lo que me estaba pasando sin asustarla. Mi condición de paciente psiquiátrico la verdad que no ayudaba... —Los dos rieron—. Pero lo hice. Durante el verano junté valor y en marzo me lancé. Yo sabía que esa jugada me exponía a la posibilidad de quedar internado para siempre. Ella venía de una formación tradicional, y las cosas que le dije podían significar la confirmación definitiva de mi locura. De hecho, me escuchó aterrada. Pero por suerte decidió no contar mi confesión ni escribirlo en la historia clínica. Ya no era mi terapeuta. Sólo me escuchó en silencio. Se veía confundida y asustada, pero conmovida. No paraban de caerle las lágrimas. Estaba tan linda... Cuando empezó a llorar sentí que esa era la señal de que podía conservar la esperanza. Supe que había logrado llegar a algún recóndito lugar de su interior, ese lugar donde uno sabe aunque no entienda. —Irene asintió—. Y fue Penélope, mi adorada Penélope quien me alentó a que lo hiciera. Me sugirió que la esperara con un ramo de flores y me prestó su banco para hacerlo. Todo un gesto de amor de su parte ya que ella nunca le cedía su banco a nadie, jamás. A nadie. Y creo que fue la única vez que lo hizo. Cuando vio que Mariana llegaba al psiquiátrico se escondió detrás de un árbol y se mantuvo agazapada ahí durante toda la charla. "Las mujeres amamos las flores Nico", me dijo. "Son un detalle que tenés que tener muy en cuenta, porque es en esos pequeños detalles donde se esconden las grandes verdades, lo sepamos o no. Y las mujeres lo sabemos. Es así. Así que las flores van a ayudar a hacerte ver como el hombre que querés ser". —Irene sonrió y se agarró un mechón de pelo enredándolo en un dedo.

—Sabia nuestra amiga Penélope.

—Sí, fundamentalmente sabia. —El gesto con el pelo le resultó sugestivo (volvió a tomar nota) y le sonrió de vuelta—. Entonces junté valor y la esperé, listo para sorprenderla. Gasté todos mis ahorros en las flores. Como verás no tenía mucha capacidad de ahorro entonces —dijo burlón—. Me traspiraban las manos, sentía que el corazón me iba a explotar en el pecho. Mi futuro y el sentido de mi vida se estaban jugando en ese momento, y sin embargo sabés que ni bien empecé a hablar el miedo desapareció. Penélope tenía razón, tenía que jugarme. Animarme me liberó y me permitió encontrarme conmigo mismo. Fue maravilloso.

—Qué linda historia Nico. Es mágica, poética, melancólica... Marian me habló de Penélope, me acuerdo que una vez me dijo que si hubiera tenido una hija mujer le hubiera gustado ponerle Penélope.

—¿En serio... eso te dijo? —preguntó Nicolás sorprendido—. A mí nunca me lo dijo... Supongo que la maternidad jamás dejó de ser una asignatura pendiente para ella. Si no se hubiera enfermado tal vez hubiéramos terminado adoptando, lo hablamos más de una vez. Pero el tema siempre quedaba ahí. —Fijó la mirada sobre una lámpara al costado del sillón y se dedicó a jugar con su cable—. Vos sabés que es curioso... Pero todas, absolutamente todas las mujeres importantes de mi vida no han podido tener hijos. Es un denominador común. Salvo mi madre, claro. Penélope tampoco tuvo hijos. La internaron cuando era muy joven y nunca más volvió a salir del psiquiátrico.

—Sí. La verdad es que es una coincidencia bastante significativa, algo debe querer decir. Las mujeres que no hemos podido tener hijos compartimos una vivencia en común muy fuerte...

Nicolás se detuvo. Su inclusión en el grupo le resultó inquietante, por lo que decidió virar el rumbo de la conversación.

—¿Sabías que Penélope fue la primera persona que vi cuando me internaron en el psiquiátrico? Fue ella quien me recibió. Tengo un recuerdo vago de aquel día, pero de eso me acuerdo perfectamente. Yo tenía doce años, me llevó mi madre. Era una mañana divina de primavera. Lo que siempre pude recordar con nitidez de ese día son los ojos y la sonrisa de Penélope dándome la bienvenida desde su banco. Ni bien entré fue lo primero que vi. Había algo en su mirada que me alivió al instante. Con el tiempo me di cuenta de que ella era la verdadera anfitriona del lugar. Su capacidad para generar un clima de confianza y alegría ayudaban a suavizar el mal momento, evidentemente las autoridades del psiquiátrico se habían dado cuenta y por eso la dejaban apropiarse del banco. Estoy seguro. Era ella quien nos daba la bienvenida al llegar y quien nos despedía al irnos. A quienes tuvimos la suerte de irnos, claro. Porque muchos no salieron nunca. Yo estuve internado casi tres años sabés. Mis padres y los médicos estaban desorientadísimos conmigo, no sabían qué carajo hacer. Fueron años muy duros. Pero mirá lo que serán las paradojas de esta vida que fue gracias a esa internación que me reencontré con Mariana. El destino tiene esa extraña manera de tejer sus redes.

Nicolás observó la chimenea encendida y retomó los automasajes en las plantas de sus pies. Irene se mordía ligeramente los labios.

—Si bien después de la adolescencia ya no pude recordar mis otras vidas siempre conservé la certeza de haber lastimado a Mariana. Tenía intacta la vivencia de haberla engañado y defraudado, muchas veces. Abandonándola en circunstancias espantosas. Como hombre, como mujer, no importa. Ojo, ella también hizo de las suyas eh, no te creas. La nuestra ha sido una larga historia de desencuentros, de todo tipo. Cuando la vi por primera vez pude ver esa trama desplegada ante mí con una claridad asombrosa. No sé cómo explicártelo, es imposible transmitirlo en palabras. Pude ver la falta de sentido, la furia acumulada, la ignorancia mutua. Y la necesidad de sanar todo eso que estaba pendiente entre nosotros. El deseo de hacerlo.

Debo reconocer que la vida me dio lo que necesitaba para lograrlo: un talento especial para plasmar mis visiones interiores en cuadros. Y una certeza: que quería compartir esta vida con ella. Luego de pensarlo unos segundos agregó: ella también tuvo su oportunidad eh... Porque yo estoy convencido de que uno de sus grandes desafíos fue aprender a perdonar. Y vino con un corazón inmenso dispuesto a abrirse. Tuvo la oportunidad de vengarse y dejarme encerrado en el psiquiátrico para siempre, cobrar sus deudas. Y sin embargo no lo hizo. No sólo no usó su poder en mi contra sino todo lo contrario, lo usó a mi favor. Me ayudó a salvarme. Insistió en que tenía que desarrollar mi potencial artístico y me ayudó a desplegarlo. Buscó para mí un mentor habilitándome las herramientas que yo necesitaba para encontrar la salida por mí mismo. Si no hubiera drenado esas imágenes a través de mis cuadros probablemente hubiera terminado loco de verdad. Seguramente.—Suspira cansado—. Los dos elegimos dejar de lastimarnos el uno al otro, por primera vez, después de tantas vidas. Toda una elección... ¿No?

—Toda una elección... —repitió Irene reflexiva mientras las palabras ingresaban en ella como un torbellino, encontrando su lugar a la fuerza.

9

Irene recorrió el parque agachándose cada tanto para levantar la tierra removida, olerla y desgranarla dejándola correr entre los dedos. Acarició cada planta y contabilizó cada árbol anotando minuciosamente en una pequeña libreta azul lo que consideraba pertinente.

Al terminar, emitió su veredicto.

—Acá hay mucho trabajo por delante Nico. Vamos a intentar preservar lo que se pueda ¿sí? Para mí tirar un árbol es un crimen de lesa humanidad. Así que lo que no esté en su sitio, se trasplanta. ¿Estás de acuerdo?

—¡Por supuesto mi coronel! ¡Lo que usted diga!—Nicolás golpeó los tacones de sus borceguíes uno contra el otro llevándose una mano a la sien—. ¡A sus órdenes!

Estaba de buen humor. La presencia de Irene lo alegraba y estimulaba. Ella en cambio sonrió dudosa. No sabía cómo interpretar el comentario, si como un chiste risueño o una agresión. Decidió inclinarse por la primera opción.

—Me encanta la idea de recuperar el banco de Penélope para volverlo una parte vital de nuestro parque, su corazón. —Nicolás la escuchaba con atención—. En el jardincito que da a la calle vamos a dejar los árboles como están, que son divinos. Y aquí atrás vamos a tener que hacer un movimiento de suelo importante para generar unas terrazas descendentes que nos permita aprovechar el terreno. ¿Estás de acuerdo? Nos va a dar bastante trabajo, para qué te voy a mentir, pero vale la pena intentarlo. Vas a ver, va a quedar fantástico. Nos permitirá aprovechar al máximo el lote y al tener más espacio. Acá en este sector podemos armar un lugar de descanso con el sauce, la fuente y los nenúfares. Y el banco de Penélope, claro. —Señala el piso bajo sus pies dibujando un enorme círculo con su dedo índice—. El sauce va a crecer rapidísimo, vas a ver. Y si queremos hacer un auténtico vergel no podemos dejar de poner frutales. En los costados, tal vez... —Miró a su alrededor dudando—. Sí, en ese sector adonde más pega el sol. —Lo señaló con la cabeza—. Y alrededor de la fuente, aquí, podemos poner canteros con distintas variedades de rosas. —Caminó delimitando el espacio con grandes zancadas hasta detener el paso—. Mirá, aprovechemos que el jardín es tan amplio para armar un sector central con flores y otro con frutales. El terreno debe tener unos tres mil metros en total ¿no?

—Que buen cálculo. Sí, tres mil doscientos.

—¡Buenísimo! Podemos hacer un montón de cosas entonces. Ponemos los canteros con flores aquí, en el centro, y los bordeamos con senderos de adoquines que conduzcan hacia el río. ¡La vista es espectacular! Me encanta la idea de crear pequeños caminitos que desemboquen en el horizonte. —Cada vez se mostraba más entusiasmada—. Cada cantero puede tener una variedad de rosas distinta, y les intercalamos arbustos perennes cada tanto para que haya colores vivos en invierno. Una explosión de colores en primavera/verano y distintas tonalidades de verde y ocre en otoño/invierno. —Se detuvo unos instantes—. Y no podemos dejar de plantar por allí... —Señaló con su índice el sudeste— un Liquidámbar y algún Roble del pantano. Les gusta el agua, y en otoño dan esas tonalidades rojizas que son maravillosas... —Se quedó mirando un árbol a su izquierda—. Aquel Ciprés Calvo es una belleza que podríamos trasplantar, tal vez por ahí... —Dudó un instante señalando el extremo noreste. Nicolás la miró aterrado—. Okey, mejor lo dejamos donde está, entiendo. Tenés razón. No me pongas esa cara ¡che! Por ahora sólo estoy pensando en voz alta, nada más. —Sonrió pícara—. Me parece que la variedad de las rosas Pascali intercaladas con el blanco níveo de las Mount Shasta quedaría muy fino junto al rosa intenso de las Caprice de Meilland. Emanan un perfume delicioso, ya vas a ver. Podemos poner también alguna Frederic Mistral, tienen un rosa claro muy bonito. —Pensativa miraba para todos lados—. Por supuesto que no pueden faltar las gardenias ni los Jazmines de Madagascar. El aroma dulzón de sus flores es un manjar y tienen la belleza de lo simple... —dijo, ya completamente arrebatada. Sus pensamientos iban más rápido que sus palabras—. Los *stephanotis* los podemos poner para generar un cerco vivo contra los vecinos, quedaría divino. Y sus flores combinan muy bien con las rosas, por qué no.

—Pero Irene... me tenés pasmado che. ¡Sos una artista de las plantas! Es como estuviera viéndote pintar un cuadro. —Irene sonrió bajando la mirada—. No conocía esta faceta tuya. Me fascina, de verdad. Lo único que te pido es que tengas en cuenta que no quiero un jardín demasiado acartonado. A mí me gustan los jardines que crecen salvajes y silvestres. Tenelo en cuenta. —Luego de fruncir la nariz ella asintió—. Me gustó mucho lo de los caminos que conducen hacia el río, eso le daría un toque laberíntico. Me encanta.

—Sí, silvestre sí. Pero mirá que a los jardines hay que cuidarlos eh. A las rosas hay que podarlas y a los frutales para que den sus frutos hay que fertilizarlos, protegerlos de los insectos, etcétera... El resto va a depender de cómo lo dejes crecer.

—¡No te preocupes! Por supuesto que lo vamos a cuidar. ¡Qué linda sos! Ya te estás preocupando por tus futuros retoños. —dijo Nico bajando el tono de voz de manera sugestiva. Irene sonrió llevándose las manos al pelo para masajearse el cuero cabelludo—. Mirá, no tengo dudas de que con la pasión y el amor que estás poniendo en este proyecto el resultado no puede ser otro que espectacular. Te doy carta franca para hacer lo que quieras. Eso sí, como te digo, lo único que quiero es que no sea un jardín demasiado prolijo, básicamente. Se entiende la idea general ¿no?

—Claro que entiendo. Insisto, eso va a depender de cómo lo dejes crecer. Yo voy a armar la estructura básica, y luego la naturaleza hará lo suyo. Un jardín es un organismo vivo. Si uno deja actuar a la naturaleza ella está constantemente recreándose a sí misma. Todo el tiempo nacen cosas nuevas. En primavera esa explosión de vida se ve clarito ¿no? —Sus gestos con las manos se volvieron cada vez más teatrales—. Lo que podemos ver en los jardines es un constante movimiento dinámico entre la vida y la muerte. Y en este contexto es más fácil ver la muerte como algo natural ¿no? Porque no es nuestra vida la que está en juego, claro. Las flores duran lo que tienen que durar, y mientras viven el viento y los insectos las fecundan generando los frutos que luego producirán nuevas plantas. La flor es su órgano sexual, y muchas plantas incluyen el elemento femenino y el masculino en sí mismas. Pero otras no. Ahora, en todos los casos para que se dé este encuentro entre lo masculino y lo femenino es necesario que intervengan factores ajenos como los pájaros, las abejas, o el mismo azar. Esto hace que sea un proceso tan impredecible como creativo. Uno lo acompaña y puede ir guiándolo o no. Esa es tu elección.

La charla se volvió inesperadamente sexual.

Nicolás casi no respiraba. Un irrefrenable impulso por acercarse lo empujaba hacia ella, pero se contuvo.

A Irene le pasaba lo mismo.

Incómoda, posó su mirada sobre una planta.

10

Esa misma noche Nicolás e Irene se encontraron sobre el manchado sillón del atelier. Era una noche de luna llena, y con la excusa de verla elevarse tras el horizonte subieron para encontrarse allí con un par de copas de vino.

En menos de media hora estaban haciendo el amor.

Besándose, tocándose y zambulléndose en las mansas aguas del placer como hace años no lo hacían.

Lo que comenzaron siendo ahogados gemidos terminaron volviéndose intensos jadeos, manotazos y mordiscos.

Pero Nicolás pensaba en Mariana.

Irene en su marido.

Y Mariana, inmune a lo que sucedía a su alrededor fijaba indiferente la mirada sobre la pared de su cuarto.

Bañada de olvido.

Protegida en su laberinto.

11

El Patio de los Naranjos estaba ubicado en el sector más luminoso del parque, el extremo sur. Con motivos incaicos, su piso de baldosas había sido diseñado por Nicolás en sólo quince días. La base formaba un gran rectángulo de quince metros de largo por diez metros de ancho con una guarda de adoquines de cincuenta centímetros a lo largo de todo su perímetro.

En los pequeños huecos circulares que daban directamente a la tierra Irene plantó frutales: naranjos, manzanos, ciruelos, nogales y una higuera. También había macetones repartidos por aquí y por allá con limoneros, mandarinos y quinoteros. Y pequeñas macetas con hierbas aromáticas.

Si bien los árboles aún eran pequeños y todo se veía demasiado prolijo e impoluto cuando las plantas crecieran se podía prever que sería uno de los espacios más vistosos del jardín. Era precioso.

Nicolás e Irene se paseaban entre los macetones. A pesar del sol radiante hacía frío. Estaban abrigados. Gorro, bufanda y guantes.

Ella se sacó uno de los guantes para acariciar las hojas de un frutal mientras decía en tono académico:

—El limonero de las cuatro estaciones va a generar azahares durante todo el año, vas a ver. El aroma que desprenden sus flores es delicioso. Y el azahar de los naranjos también es exquisito. Además, un tecito con unas pocas de estas flores ayuda a calmar los nervios de cualquiera. Lo cual en estos tiempos de locos que corren no viene nada mal ¿no? —Nicolás pensó que él no llevaba una vida de locos, pero para qué interrumpirla. Intuía que se avecinaba uno de esos monólogos que tanto disfrutaba, así que para qué aclarar—. Siempre que los huelo me hacen acordar a Sevilla en primavera. El aroma del Patio de los Naranjos justo antes de Semana Santa se expande a lo largo de la ciudad y uno siente que podría flotar en ese aroma. Es impresionante. De hecho me inspiré en aquel Patio para crear este... Pero eso ya te lo había dicho ¿no?— Paciente, Nicolás asintió con la cabeza, sonriendo—. Debo decirte que nuestro patio ha quedado mucho más lindo que el de Sevilla. Gracias a tus baldosones, que resultaron pequeñas obras de arte. Estoy muy orgullosa de nuestro trabajo juntos Nico, de verdad. Terminamos formando un gran equipo. Quedó espectacular.

Nicolás se acercó para darle un beso en la boca mientras le acariciaba las mejillas a través de los guantes.

—¡Ay Irin! Te voy a extrañar... —Se sacó los guantes poniéndolos en un bolsillo de su pantalón y luego deslizó las manos debajo de su campera hacia su espalda. Irene se encorvó por el frío pero luego se entregó a sus manos—. ¿Estás segura de que no podrías quedarte aunque sea unos días más? ¡Una semana por lo menos! Jamás pensé que pasaría todo esto entre nosotros, y la verdad es que me ha hecho tanto bien. Me trajiste de vuelta a la vida, te juro. Pero ahora siento que la casa se va a quedar vacía cuando te vayas

Irene metió sus manos bajo su campera para acariciarle la espalda.

—Qué tierno sos... Para mí también ha sido muy importante nuestro encuentro Nico. Vuelvo a París con la vida patas para arriba, pero no me quejo. Para nada. Vuelvo renovada. —Lo besó en la boca—. La pasé bárbaro, y me voy feliz de haber venido. Además nuestro vergel resultó todo un éxito. —Recorrió el parque con la mirada—. No te voy a negar que al principio las refacciones que habías hecho en la casa me parecieron un auténtico disparate... Además fue durísimo ver el estado en que está Mariana. Todavía lo es. Pero debo reconocer que dadas las circunstancias mi amiga no podría estar mejor. Este lugar que construiste para ella es un paraíso. —Lo soltó para acariciarse el cuello—. ¿Sabías que la palabra azahar significa flor en árabe? —Agregó empujándolo delicadamente hacia atrás apoyando una mano sobre su pecho. Él comprendió el mensaje y la soltó—. ¿Estará vinculada de alguna manera con la palabra destino? Por lo de azaroso, digo. Me gusta esa palabra, destino. Si bien siempre creí que mi vida era una sucesión de acontecimientos azarosos, muchas veces sin sentido poco a poco fui vislumbrando un orden detrás. Un orden que evidentemente nos trasciende y no depende de nuestra voluntad, mucho menos de nuestros planes. Nuestro encuentro está dentro de ese orden Nico. Y mi partida también. Me tengo que ir.

—Sí, ya sé. Ya lo sé... ¡Te tenés que ir! —Fijó la mirada sobre su ceño fruncido y acercó una mano para masajeárselo con el pulgar—. Te voy a extrañar mi querida y adorable enviada del destino. La reina de las plantas, eso sos. Una reina.

—Yo también te voy a extrañar Nico, pero tengo que volver a París. No puedo seguir postergando mi partida. Tengo una vida allá, sabés. Un marido, responsabilidades. Los dos sabíamos desde el principio que esto no tenía futuro. Yo no voy a dejar a Leopoldo y si bien vos sos encantador, eso es innegable, no tenés nada que ver con el tipo de hombre que yo necesito. Se acercó hacia el manzano para apoyar la espalda contra él—. Yo no soy Mariana, Nico. Jamás podría lidiar con tu estilo de vida. Nunca compartí tus puntos de vista respecto a la pareja, y no puedo evitar recordar algunas de las cosas que Mariana me contó en su momento. Jamás podría aguantar todo lo que te aguantó ella. Que estés con Muriel y conmigo al mismo tiempo, por ejemplo. Aunque la veas sólo dos veces al año. Y ni hablar de mi propia amiga, que aunque parezca una planta la pobre todavía está viva. Una cosa es un par de semanas, y otra cosa muy distinta es toda la vida. Sería una locura vivir los tres juntos en alegre montón. ¡Yo no soy tan moderna! Se despertarían todos mis fantasmas, y sufriría como loca. Esa es la verdad. Eventualmente terminaría compitiendo con Mariana. Para qué te voy a decir algo que después no podría sostener ¿no? Prefiero serte sincera desde el vamos. Sufriría mucho en una relación con un hombre como vos, tan libre... —Enunciaba sus razones intentando afianzarse en ellas—. No voy a hacerme esto a mí misma. No. No voy a sacrificar mi matrimonio por algo que finalmente sólo me va a traer sufrimiento.

—Todo eso ya lo sé Irin, claro que lo sé... Yo nunca te pedí que hicieras nada de eso. ¡Por Dios! Sólo te pedí una semana. Una semana, nada más. Jamás hablé de toda una vida. —Se acercó para rozarle la mejilla con el dorso de una mano—. Pero igual te voy a extrañar. No quiero más pérdidas en mi vida. Hace años que la extraño a Mariana, y ahora te voy a extrañar a vos. Pero bueno, entiendo y respeto tus razones. Dejame que despotrique un poco, nada más. No es fácil conectar. No pasa seguido, vos lo sabés. Y además no te voy a negar que me hace sentir cómodo que compartamos un pasado en común con Mariana. Lejos de verlo como un obstáculo yo lo veo como algo a favor. ¿Quién mejor que vos para entender mi lealtad hacia ella, con lo que la querés? Jamás podría ser tu rival. Además si bien parecen distintas, tienen mucho en común. Y en parte eso es lo que me atrae hacia vos. —No midió sus palabras—. Es como si a través tuyo la hubiera recuperado un poco a ella. No sé cómo explicártelo, es raro. Te reconozco que por momentos me resulta un poco confuso.

—Haceme un favor Nico, no me expliques más. Ahorrate los detalles querés. —El tono de Irene se volvió gélido. No estaba acostumbrada a la sinceridad brutal de Nicolás, ni quería acostumbrarse. La comparación le resultó odiosa.

"Qué suerte que me voy", pensó, congelándose. "Hay cosas que se piensan pero no se dicen. Este es el Nicolás de Mariana, sin duda. Y no es para mí, claramente. Es una bestia".

Nicolás intentó reparar el daño, pero el daño estaba hecho.

12

Ella quería que la despedida en el aeropuerto fuera lo más breve posible. Después de la charla en el Patio de los Naranjos precipitó su partida. Habló con Leopoldo y arregló las cosas para estar de vuelta en París en menos de tres días.

—Gracias por venir a Buenos Aires Irene. De verdad, gracias. El jardín quedó fantástico y lograste renovar mi energía, completamente. —Nicolás la miró a los ojos. La gente pasaba alrededor de ellos buscando sus vuelos pero él le hablaba como si estuvieran solos en el mundo—. Encontrarte ha sido una de las mejores cosas que me han pasado en los últimos años. Lo necesitaba, ahora me doy cuenta hasta qué punto. En serio. Como habrás notado la situación con Mariana no es fácil. Vivo en el desierto. Y vos has sido una bendición, una tarde de lluvia luego de meses de sequía. Un alivio indescriptible. Viniste a hacer el jardín y terminaste reviviéndome a mí. Sos increíble, de verdad. —La abrazó. Al comienzo Irene dudó en entregarse, pero finalmente se dejó abrazar.

—Gracias a vos Nico. —Apoyó la cabeza contra su hombro—. Para mí estas semanas también han sido un soplo de aire fresco. —Luego tomó distancia para mirarlo nuevamente a los ojos—. Los que nos pasó ha sido una grata sorpresa, para qué te lo voy a negar. Y una alegría. Suponía por nuestros mails que lo que nos unía iba más allá de Mariana, pero nunca imaginé que tanto. Y aunque haya sido doloroso verla así a mi amiga estoy feliz de haberte podido ayudar a hacer este jardín para ella. Y para vos. Porque creo que vos también lo necesitas. Salir un poco del atelier y tus cuadros, disfrutar un poco más de la naturaleza. Te va a hacer bien, vas a ver... — Sonrió apoyándole cariñosamente una mano sobre su frente—. Por otro lado tomar distancia de mi matrimonio no me ha venido nada mal. Este viaje me permitió repensar algunas cosas, mirarlas con otros ojos. —Se acomodó el tapado—. Así que vuelvo renovada. —Suspiró—. Te confieso que lo nuestro había empezado a perturbarme. Pero después de la charla que tuvimos el otro día en el Patio de los Naranjos se me despejó el panorama. Me costó digerir lo que dijiste, pero ya está. Ahora lo tengo todo mucho más claro.

—¿Qué dije? Dije muchas cosas... —preguntó Nicolás aprovechando para aclarar las cosas. Había querido hacerlo antes, pero la actitud distante y fría de Irene se lo había impedido—. Me pareció que te quedaste mal después de nuestra charla el otro día, pero no estaba seguro. Y no sabía cómo acercarme. Cuando ponés una barrera podés ser infranqueable che...

—Sí, ya sé. Ya me lo han dicho. —Sonrió—. Me sorprende que no te hayas dado cuenta Nico... Te lo podría sintetizar diciéndote que tomé conciencia de que jamás podríamos estar juntos sin la sombra de Mariana en el medio. Esto es una gran ensalada rusa Nico. Lo que vos estás buscando no tiene nada que ver conmigo. Es a ella a quien buscás, no a mí. Y para mi ego femenino ese es un carozo difícil de digerir sabés. Además no quiero que mi mejor amiga se termine transformando en mi rival, aunque ya no esté consciente para verlo la pobre. Y por más que vos digas lo contrario eventualmente sería así. A esta altura de mi vida me conozco un poco. Muriel, vaya y pase. Pero Mariana no. Mariana ha sido mi amiga más querida. Detestaría estar compitiendo con ella. Lo ensuciaría todo.

—¿Pero por qué lo llevas todo a esos términos Irene? Esto no es una competencia. Acá no hay rivales, ni ganadores. —Se acercó para acariciarla pero ella rápidamente alejó la cara—. Cada vínculo tiene su entidad y su valor en sí mismo, no pueden competir. Son cosas distintas.

—Te recuerdo que sos vos quien me comparó con Mariana.

—No quise compararte. Simplemente te reconocí que me hacía sentir cómodo que compartiéramos un pasado en común. Que evidentemente eso nos unía más todavía. Por algo ustedes fueron tan amigas... Y ahora pasa todo esto entre nosotros. Son justamente esas afinidades las que nos unen. Tiene sentido. Pero eso no te hace menos importante a vos mi querida. —Agarró con ternura su barbilla para darle un beso en la boca. Ella se dejó besar—. No te voy a negar que estar con vos ha sido como recuperar un poco a Mariana, porque eso es lo que me ha pasado adorable Irin. ¡Y no te quiero mentir! Pero eso no le resta ni un poquito de importancia a lo que siento por vos, que es maravilloso. —Tomó su cara entre las manos mirándola en silencio. La expresión en su rostro era muy seria. Luego deslizó las manos hacia su cuello—. Sos adorable Irene, de verdad. Una diosa. Te quiero, sabés. —Le dio un beso en la frente, Irene cerró sus ojos.

Cuando los abrió estaban húmedos.

—¡Ay Nico! Qué suerte que me voy. Sos un peligro. Un seductor serial sin remedio. Te amo y te odio. —Lo abrazó—. Algo en mí no quiere subirse a ese avión, me quedaría acá sintiendo tus caricias por siempre. —Y luego agregó diciéndole al oído—: Pero otra parte mía me dice: "Subite a ese avión. Volvé a tu vida urgente, ya mismo". —Lo soltó con decisión—. Así que me voy. Adiós. Y gracias. Gracias por todo lo que estás haciendo por mi amiga... —A esta altura sus ojos ya estaban completamente bañados en lágrimas. Lo abrazó por última vez y aferrándose a sus maletas agregó—: No es necesario que me acompañes, no te van a dejar pasar. Despidámonos acá, ¿dale? —Luego se dirigió hacia las escaleras mecánicas.

Nicolás obedeció y asintiendo con la cabeza la miró alejarse.

—Okey. Pero espero que esto sea un hasta luego. Porque vamos a volver a vernos... ¿No? —preguntó cuando todavía estaba a unos metros.

Irene se detuvo un instante y se dio vuelta.

—No sé cuándo volveremos a vernos Nico, o si volveremos a vernos... Pero lo que te puedo asegurar es que te llevo conmigo. En el alma y en el cuerpo, creeme. —Luego se montó sobre las escaleras mecánicas sin mirar atrás.

Nicolás la observó elevarse.

Cuando estaba por llegar al final de la escalera soltó una de sus maletas y sin darse vuelta levantó una de sus manos jugueteando con los dedos en el aire a modo de despedida.

Nicolás respondió inclinando su cabeza y llevando sus dos manos hacia el pecho.

Ella nunca se dio vuelta para recibir el gesto.

SEGUNDA PARTE

La Pancha y el Panchito

1

Luego de seis años el jardín ha crecido. Bello, generoso, algo salvaje.

Es una calurosa mañana de enero. Sentada bajo el sauce Mariana espera su partida. La acompaña Francisca, la empleada chilena que la cuida hace unos años. Ella es quien le ha puesto el vestido de algodón blanco que lleva puesto hoy. Todas las mañanas le elige uno distinto (generalmente de colores vivos) pero hoy le ha elegido este: blanco. Su escote en bote ladeado hacia un costado deja entrever uno de sus hombros mientras por encima de él se desliza una gran trenza gris que llega casi hasta su cintura. Apoyadas sobre sus rodillas sus manos se frotan mecánicamente entre sí. Su mirada, terca, se posa sobre una rosa. Está descalza.

Un calor abrasador azota la ciudad, y la sombra del sauce llorón brinda un gran alivio en días como este. Sus ramas dejan caer una pesada cortina de hojas verdes que generan un frontón vivo bajo el cual es un placer refugiarse.

Sentada junto a Mariana la Pancha se abanica. A unos veinte metros el Patio de los Naranjos regala sus frutos. Matizado por el tiempo, su piso de baldosas parece realmente antiguo. La humedad y el paso de los años han hecho bien su trabajo. Salvo por el único camino que Nicolás conservó transitable de tanto usar, los otros caminos de adoquines fueron devorados por la naturaleza. Ya no existen.

A los rosales se les sumaron otras especies. En una arrebatada danza de colores las salvias, las margaritas y las violetas coexisten con las rosas. Por encima de los canteros, a lo lejos, se ve el río. La vista es imponente.

Un colibrí revolotea alrededor de las flores.
Las hormigas esconden el fruto de sus esfuerzos bajo el nogal.
Un gorrión posado sobre la higuera intenta infructuosamente picotear un higo inmaduro.
La vida pulsa, fatua, indiferente ante la muerte que se aproxima.

2

Como todas las mañanas Panchita preparó para su patrón un café con leche con tostadas recién horneadas y un jugo de naranjas recién exprimidas.

Después de servírselo se fue. Cuando el señor está recién levantado no le gusta que le hablen, y a ella no le gusta molestar. Así que lo sirvió y se fue.

Sentado ante la mesada de la cocina que tiene vista al jardín Nicolás revuelve su café con leche rememorando el sueño de anoche. Mientras, observa unos bosquejos que sostiene en su mano izquierda.

Sentada sobre el banco de espaldas a él Mariana se frota las manos. La expresión en su rostro transmite una paz que podría confundirse con una sonrisa, pero el resto de sus movimientos son mecánicos. Automatismos, gestos vanos. Las ramas del sauce llorón dejan pasar unos rayos de sol que le dan directamente al rostro, iluminándolo. Mecidas por el viento, las hojas acarician sus brazos. La hierba sostiene sus pies cansados.

La madre tierra, alistando a su hija para recibirla.

3

—¿Cómo está la reina de la casa hoy?— susurra Nicolás al oído de Mariana mientras observa a Francisca alejándose hacia la casa. El tono de su voz es cariñoso y juguetón, como si le estuviera hablando a una niña. Mientras se sienta le acomoda la trenza y le acaricia una mejilla.

Mariana no responde, su mirada se mantiene fija en una rosa y no se mueve de allí.

—Las cosas están repuntando Marian, estoy contento —comenta él risueño—. Anoche tuve un sueño. Después de meses de no pintar, este sueño me devolvió la inspiración. Te juro que es un milagro, no sabés lo contento que estoy. Estaba empezando a preocuparme che, sentía que me habían extirpado del cerebro hasta la última gota de creatividad que me quedaba. Por más que trataba y trataba, no me salía nada de adentro, nada de nada. Espantoso. Como si de un día para el otro me hubiera transformado en un pozo oscuro y seco adonde rebotaban las palabras, las imágenes, todo. Creí que me iba a volver loco, te juro. Una pesadilla. —Mira hacia el cielo extendiendo sus manos en un gesto triunfante—. Pero cuando menos lo esperaba ¡fui rescatado! Cuando más lo necesitaba, y de la manera más sorprendente. Una vez más... ¡Por vos! —Le acaricia una rodilla—. Me desperté a las dos de la mañana con un millón de imágenes en la cabeza y casi sonámbulo fui hasta el atelier para no perderlas. Ya las fijé, las tengo en mi cabeza. Van a ser parte de una serie nueva. Empecé con los bosquejos y no paré de pintar hasta el amanecer. Estoy feliz. —Detiene su monólogo y toma la cara de Mariana entre sus manos invitándola a girar hacia él. Ella gira su cara obedientemente pero mantiene la mirada sobre la rosa—. La serie nueva tiene que ver con el mar. Como la de los ochenta que pinté después de nuestro viaje a las Seychells, ¿te acordás? —Nicolás sabe que Mariana no va a responderle, pero le habla como si fuera a hacerlo y simplemente estuviera demorando la respuesta—. Fue una época tan maravillosa... ¿No? En mi sueño vos girabas frente al mar, como a punto de levantar vuelo. ¿Te acordás de ese día en que te enseñé a girar en la playa cerca de los huevos de las tortugas? Bueno, en mi sueño estábamos ahí de nuevo. El viento jugaba con tu pelo y tenías la edad de entonces. Cuarenta y pico. Estabas radiante Mariana, te juro. Resplandecías. Me mirabas con una expresión de plenitud impresionante y en el medio de uno de esos giros salías volando. Literalmente. Sonreías y te elevabas como un helicóptero, pero girando en círculos. Volabas como si fuera lo más natural del mundo para vos. Era impactante verte, inspirador. No sé cómo describírtelo. Nada de lo que pueda pintar va a acercarse jamás a esa belleza, pero voy a tratar. —Hace un silencio—. ¿Te acordás de ese día en las Seychells? Me dijiste que querías vivir eternamente en ese instante, detener el tiempo ahí. Querías que esa playa y ese momento fueran el lugar donde reencontrarnos en la eternidad, si eso era posible. O algo así... —Cambia el tono de su voz y se acerca para tomarla nuevamente de las manos—. ¿Viniste a visitarme anoche en sueños Marian? —Agrega sugestivo—. Estoy seguro de que estás queriendo decirme algo. No sé bien qué, pero estoy seguro. Por favor, dame una señal amor, la que sea. Aunque sea algo chiquito. Qué sé yo... Parpadear o mover un dedo. Cualquier cosa. —La observa expectante—. Confirmame que lo que siento no es una locura, por favor. Que anoche te comunicaste conmigo y no lo estoy inventando.

Mariana no se mueve. Sus manos descansan sobre las de él inmóviles, mudas. Un ligero vaivén en su columna es el único indicio de que aún hay un ser con voluntad encerrado adentro suyo, pero a Nicolás este gesto no le alcanza.

Luego de unos instantes baja la mirada, suelta sus manos y suspira. Resignado se levanta y se dirige por el viejo camino de adoquines hasta el fondo del terreno para meditar allí mirando el río.

—Me voy al centro. —Al volver su voz ha recuperado el entusiasmo. Camina con apuro—. Tengo que conseguir materiales para empezar la serie nueva. —Le da un beso en la frente y chequea la hora en su celular—. No quiero desaprovechar este rapto de inspiración que tuve así que voy a equiparme para poder pintar tranquilo sin tener que volver a salir. Quiero comprar bastidores y todas las tonalidades del azul y el violeta que encuentre. En el primer cuadro vas a estar vos girando ante el mar, libre, como Dios te trajo al mundo. Pero esta vez tu cuerpo no va a ser mitad pájaro como en el cuadro de la mujer alada sino una mujer entera y completamente desnuda. En este cuadro vas a volar sin alas. —Sonríe.

Luego se agacha y la besa en la coronilla.

—Adiós mi vida. Nos vemos.

Le acaricia el pelo y se retira.

4

Doña Francisca Lucila Concepción Vargas tiene sesenta y ocho años, pero es prácticamente imposible calcularle la edad.

De joven creían que era mayor de lo que era, y ahora que se aproxima a los setenta parece más joven de lo que realmente es. Como si su cuerpo no hubiera estado expuesto a las leyes del tiempo y la gravedad.

Sus manos ajadas por los trabajos domésticos son rugosas pero dulces al mismo tiempo. La textura de su piel morena mantiene la lozanía de la juventud en el cuerpo, pero en su cara parece un trozo de pergamino secándose al sol. Su pelo largo recogido siempre en una prolija trenza apenas muestra signos de envejecimiento. Ni una cana. Y sus amplias caderas se menean como un felino cansado, cadenciosamente.

Usa coloridos delantales impregnados con suaves aromas. Todas las noches esparce entre sus prendas pétalos de rosas. "Le dan vida a la ropa" —afirma convencida—, "me lo enseñó la Aurora".

Aurora era su comadre en Chile, el país que la vio nacer.

Y el gran amor de su vida.

5

Provenientes ambas del Valle del Elqui. Aurora nació en el poblado de Rivadavia a la vera del río Elqui, allí donde el río Claro y el río Turbio confluyen para dirigirse juntos hacia el mar.

Francisca llegó a este mundo en Montegrande, el pueblo rural donde la poetisa Gabriela Mistral aprendió a descubrir y a amar su tierra. Una noche de octubre, bajo las estrellas más vívidas del hemisferio sur Isabel Villanueva la parió sobre la mesa de la cocina mordiendo un paño sucio para sofocar los gritos. Si bien la casa donde vivían era precaria, sobrevivía estoica hacia el final de una calle angosta. Humilde pero acogedora.

Así crecieron las dos, salvajes y libres. Corriendo entre los árboles, las flores y los viñedos de la zona húmeda del Valle. Un oasis en medio de un desierto, ubicado justo entre la Cordillera de los Andes y el Océano Pacífico.

Cuando se conocieron en la escuela se hicieron amigas volviéndose inmediatamente carne y uña. Compartieron primero la infancia en el aula, luego la adolescencia en el pueblo.

A los veinte años Francisca consideró que ya era hora de sentar cabeza y se casó con Don Romelio Uribe, el primer hombre que se interesó en ella. Tuvieron cuatro hijos. Como la Aurora se dedicó a la docencia y nunca llegó a casarse disponía de tiempo para ayudar a su amiga en la crianza de sus niños. Desde el momento en que nacían la acompañaba a parirlos y luego a criarlos.

Ausente por sus numerosas obligaciones campo adentro el Romelio se ocupaba de proveer lo necesario para la subsistencia de todos, la Aurora incluida. Así formaron una gran familia, y este acuerdo de cooperación mutua funcionó a la perfección beneficiando a todos.

Hasta esa noche.

6

Luego de los festejos navideños (y varias copas de más) el mismo cielo diáfano que las viera correr despreocupadas por los prados de su infancia las encontró ahora como adultas, pero amándose.

La revelación las sorprendió como una ráfaga violenta que arrasa con todo lo que se pone a su paso, sin dejar nada en pie. De un zarpazo.

Durante un tiempo intentaron negárselo. Supusieron que las imágenes que rebotaban una y otra vez en sus cabezas y en sus cuerpos eran los resabios de un sueño confuso, el resultado indeseable de una noche de excesos.

Se dijeron a sí mismas que si ninguna de las dos lo mencionaba tal vez podrían transformar el recuerdo en un sueño. Incluso dejaron de verse, esquivándose durante meses. Pero aun así no lo lograron. La chispa del deseo había sido encendida, y no había manera de detener ese incendio.

Luego de la misa de Resurrección de Pascuas Francisca buscó una excusa para ausentarse de su casa y se encontró con la Aurora a la sombra de un zaguán del otro lado de la ciudad. Al comienzo estaban tensas, incómodas, como si los meses las hubieran vuelto dos extrañas. Pero luego del primer beso todo fluyó naturalmente, y ya no pudieron detenerse.

Francisca comprendió esa noche que su vida tal y como había sido hasta ese entonces había terminado, de modo que antes de que saliera el sol volvió a hurtadillas a su casa para hacer sus valijas, y escapó. Sin carta de despedida, ni explicaciones, ni nada. Tomó lo indispensable para sobrevivir y se fue. La mujer que había sido hasta esa noche había muerto, y no había nada que pudiera hacer o decir al respecto.

Además, la idea de enfrentar la mirada acusadora de todo el pueblo le resultaba sencillamente aterradora. La mirada de su marido y de sus hijos, de su madre.

Prefirió desaparecer como si se la hubiera tragado la tierra o hubiera sido abducida por extraterrestres, lo que ellos eligieran creer.

7

Escaparon hacia Iquique aquella misma madrugada.

Allí vivieron más de diez años, disfrutando libremente de su amor.

Hasta que una tarde de septiembre la muerte las separó sin darles la oportunidad de una despedida. Aurora padecía una diabetes mal tratada, y murió del corazón durmiendo la siesta.

Tenían cuarenta y nueve años.

<hr>

8

Cuando murió la Aurora, la Pancha vagó desconsolada, como un barco sin un puerto adonde encallar. Se encerró durante meses negándose a hablar, o a levantarse de la cama. Sólo salía para comprar lo indispensable como para no morir de hambre. Y a veces ni eso.

Preocupados, los vecinos la cuidaron y se ocuparon de ella. Le dejaban bolsas con comida discretamente escondidas detrás de los arbustos del frente de su casa, le limpiaban la vereda y regaban sus plantas.

Así la acompañaron en su dolor, respetándole su necesidad de silencio y soledad.

Al arribar años atrás no habían sido tan bien recibidas. Si bien Iquique era una ciudad portuaria y no un pequeño pueblo como Montegrande, su comunidad era una muy tradicional y los homosexuales no eran bien vistos, mucho menos dos mujeres.

Pero terminaron aceptándolas. Sobre todo a la Francisca, que resultó ser muy querida y reconocida en el barrio. Su corazón noble siempre dispuesto a ayudar con sus brebajes a los enfermos y sus manjares para los hambrientos se ganaron el cariño de todos.

Además, los vecinos amaban su jardín.

En una zona humilde de la ciudad adonde no era habitual ver jardines como este debido al clima seco, el pequeño edén de dos metros de ancho despertaba la admiración de todos. Rodeando íntegramente la casa sus flores creaban estallidos de colores y aromas que en primavera eran una fiesta.

Aurora y Francisca lo cuidaban juntas. Trasplantaron diversas especies de rosas que milagrosamente lograban sobrevivir llenando hasta el último recoveco de tierra en el terreno. En el fondo hicieron una pequeña huerta con frutales y hierbas aromáticas. La casa de madera mal pintada y un poco desvencijada contrastaba con el precioso y cuidado jardín, pero sin duda se embellecía gracias a él.

Francisca no soportaba ver la vida brotando a través de sus flores, y que la Aurorita se le hubiera ido. Los colores le hacían daño. Un día incluso llegó a considerar quemarlo todo para acabar con su tormento. Pero no lo hizo. Decidió dejar que la vida terminara por acomodar las cosas, y que quedara en pie lo que tuviera que quedar en pie. Ella ya no tenía fuerza para decidir nada.

Fue entonces que los vecinos comenzaron a ocuparse de sus plantas. El jardín era el orgullo de todos, y no estaban dispuestos a dejarlo morir frente a sus narices. Más de una vez, espiando a través de las hendijas de la persiana de su cuarto, descubrió sorprendida a un desconocido regando sus plantas.

Así fue salvada.

9

Dieciséis de septiembre de dos mil dos.

Francisca se dirige hacia un muelle sobre el Pacífico.

Aquí fue donde esparció los restos de la Aurora luego de su muerte, y aquí es donde religiosamente le trae flores de su jardín el día de su aniversario. Todos los años. Elige las más bonitas, las rodea con un inmenso lazo violeta y se las trae.

Hoy es el sexto aniversario.

Camina cabizbaja mirando sus sandalias. Su andar pausado refleja su abatimiento y tristeza. El muelle de madera, largo y viejo, deja divisar a través de sus tablones el mar debajo. Como en algunos de sus tramos faltan maderas, hay que tener cuidado al pisar para no caer al abismo azul. Se avecina una tormenta. Hace unos minutos el viento comenzó a soplar con más fuerza y una ráfaga de aire marino enmarañó el pelo de Francisca. "Parece que se viene un temporal po, maldita sea. Justo hoy", piensa preocupada.

Mientras camina la falda se le pega a la entrepierna. Trae puesto un vestido negro con un tapado gris encima. Mientras lucha contra el viento intentando bajarse la pollera acomoda el tapado cerrándolo contra su pecho. Logra llevar a cabo la maniobra sin soltar las flores, cuando termina se aferra a ellas.

Son las tres y cuarto de la tarde. Prácticamente no hay nadie en el muelle, sólo una mujer embarazada a lo lejos, mar adentro. "Qué extraño una mujer embarazada aquí, con harto temporal avecinándose", se dice. La situación huele mal. A medida que se acerca comprende lo que está sucediendo. La mujer es joven, muy joven, y está sospechosamente inclinada contra la baranda. Debe estar aproximadamente de siete meses. Despeinada y sucia, está desabrigada pero parece como si el frío no la atravesara. Se dibuja en su cara un dolor que jamás había visto en alguien de su edad. Abstraída observa el horizonte, sin registrar a la Pancha que se aproxima con cautela para no asustarla.

—¿Está bien mi querida?

Sorprendida Emelina se gira sobre sí misma.

Lo primero que ve son las flores. Este año Francisca había escogido rosas rojas para la Aurora. Cada año le traía una docena de rosas de un color distinto, y este año le tocaron las rojas. Enlazadas con el hermoso moño contrastan tanto con el día y su oscuridad que parecen sacadas de un cuento de hadas.

—Sí... —duda un instante—, gracias. Qué flores tan bonitas carga. Y qué bello moño... ¿Se lo ha hecho usted? —Amaga con tocarlas, pero desiste del impulso echándose hacia atrás.

—¿Le gustan mi querida? Puedo regalárselas si quiere... Para el cabrito que carga en la panza. No todos los días se encuentra una en un muelle con una mujer embarazada... ¡Y en un día como este! Debe ser una señal, sabe. Porque hoy es un día muy especial, un aniversario muy importante para mí. —Extiende el ramo de rosas hacia ella.

Emelina las observa y baja la mirada. La Pancha se detiene. Las flores quedan a mitad de camino.

—¿Qué le anda pasando mi querida? Se la ve tan triste po... —Se protege del frío cerrándose el tapado—. Tan jovencita y triste, con una guagüita dentro... ¡No es posible! —Se acerca para acariciarle el pelo. Contra todo pronóstico Emelina se deja acariciar.

—No se imagina Doña... No se imagina. Nadie puede imaginarse. Estoy muy cansada, vea.

—Uy mi querida... ¡Sí que me imagino! Como dice el dicho:

"Ya sabe más el diablo por viejo, que por sabio..." —Habla con entusiasmo intentando aligerarle dramatismo a la situación—. Pues nada, nada puede ser tan terrible que no se pueda resolver con un buen caldillo de congrio. —Tiende el anzuelo. El instinto de supervivencia no renuncia tan fácilmente ante el hambre—. Venga, los invito a mi casa al guagüito y a usted. Un rico caldillo calentito. Lo preparé anoche y está harto sabroso, créame. Y unas humitas. Después, con la pancita bien llenita decide qué hacer. Llena de comidita, claro, porque de huesitos esa pancita está llena, ¡llenita! —Bromea tratándola como a una niña.

De hecho Emelina prácticamente eso es, una niña. Tiene dieciséis años pero parece una niña. Y al mismo tiempo una anciana. Una anciana atrapada en el cuerpo de una niña.

Continúa acariciándola, ahora con más confianza. Le acomoda un mechón de pelo tras la oreja. Emelina mira el mar y luego las flores. Dubitativa, se agarra la panza.

Está a un paso de ser rescatada por una extraña, pero no sabe si quiere. Está exhausta. La sola idea de seguir viviendo le produce náuseas, tener que seguir mirándose al espejo todos los días. La ilusionaba la idea de no tener que pensar más en nada. Disolverse. Desaparecer. Hasta está convencida de que le haría un gran favor a este niño evitándole el suplicio de nacer. "Venir a este mundo de mierda, lleno de guerras y miserias", —se dijo el día que descubrió que estaba embarazada—. "Sin esperanza. Para qué hacerle sufrir lo mismo que yo... ¿Para no estar sola? Qué egoísmo". Lo hubiera abortado, pero era cobarde e indecisa, y no sabía cómo encarar la situación. Lo pensaría más adelante, se dijo. Encontraría la manera de sacárselo de encima sin que le doliera. Le tenía pánico al dolor. Pero cuando tomó la decisión ya era tarde, el embarazo había avanzado demasiado y ya no había nadie que quisiera sacárselo. Como siempre, como todo en su vida, tarde. A todo llegaba tarde.

Mira a la vieja a los ojos. Duda. Finalmente las garras del

hambre se apoderan de su cuerpo. La promesa del caldillo de congrio la tienta demasiado, hace un siglo que no come. Después verá. Total, para lo otro siempre hay tiempo.

Pulsando desde el fondo de sus vísceras la esperanza la arrastra hacia la vida, a su pesar.

10

Panchito nace de parto natural, un mes y veinticinco días después. La Emelina lo saca de tres pujos en el hospital público de Iquique, sin anestesia ni quejas. Ni un grito.

Después de la tarde en que Francisca la alimentó con caldillo de congrio y palabras de esperanza la joven nunca más se fue de su casa. Por un tiempo, se dijeron. Hasta que se asentara con la criatura y encontrara un buen trabajo con el cual mantener a su hijo. Después de todo estaba absolutamente sola en el mundo y no tenía adonde ir. ¿Qué podía perder?

Ahora la Panchita la espera fuera de la sala de partos retorciendo su pañuelo violeta. Se había encariñado con la pequeña Lina, como la rebautizó, y esto era lo más cercano que llegaría a ser abuela.

Nunca volvió a tener contacto con sus hijos. Los abandonó hace más de dieciseis años, y llamarlos después de tanto tiempo hubiera sido una infamia. Se fue sabiendo que tendría que aprender a vivir con las consecuencias de su decisión, y entendía que ahora le tocaba cosechar lo que había sembrado. Ni más ni menos. No importaba cuán necesitada estuviera de familia o cuánto la aquejaran la soledad y el remordimiento, no iba a llamarlos. No era justo.

La oferta de alojar a la Emelina y a su hijo no fue sólo un gesto noble. Al comienzo sí, al comienzo intentó impedir una tragedia y ayudar a sanar a un alma herida. Pero luego comprendió que este nacimiento traía algo bajo el ala, algo para ella.

La joven apareció justo el día del aniversario de la muerte de la Aurora. Tal vez era un regalo de ella, una ofrenda en forma de niño. No iba a cometer la blasfemia de rechazar semejante ofrenda.

11

Panchito nace con tres kilos seiscientos, un milagro considerando la alimentación de la madre. Cincuenta y cuatro centímetros de largo, pelo negro y enmarañado, ojos oscuros y rasgados.

Después de parirlo la Emelina cierra los ojos, porfiada, y se niega a tomarlo en brazos.

—Llamen a la abuela —dice el partero—, alguien tiene que recibir a este niño. Tengo entendido que el padre no está.

Y entra la Pancha.

—Dijo la madre que se llama Francisco —afirma el hombre—, aquí tiene abuela. Disfrute de su nieto que la madre no puede. Es un hermoso varoncito, sano y enterito.

Pancha lo observa con los ojos vidriosos y el alma henchida.

Lo levanta acomodándolo entre sus brazos y le acaricia el mentón.

Luego le susurra al oído:

—Bienvenido Francisco Peñalba, bienvenido a este mundo. Que Dios te ampare y te bendiga con su abundancia, siempre. —Y le sonríe.

Estas palabras regirán su destino.

12

Esta vida transcurre en los albores del siglo veinte, en Chile.
Panchito es Rosa María.
Francisca es Julito.
Emelina es Gregoria.

El General Silva Renard ordena sin titubear:
—¡Muerte a los rebeldes! ¡Disparen contra ellos sin piedad! —Y refuerza la consigna elevando la voz—.¡A la masa hay que mostrarle quién manda, po! Si no los detenemos, con las ínfulas de estos obreros huelguistas nuestra Patria va a transformarse en un caos. ¡Un mal menor para impedir un mal mayor! ¡Vamos compatriotas, andando!
Cree en lo que dice, o quiere convencerse.
Son las trece horas del veintiuno de diciembre de mil novecientos siete, día que quedará impreso en el inconsciente colectivo americano como una fecha infame.
Los trabajadores del salitre están atrincherados en el patio de la Escuela de Santa María a la espera de una respuesta a sus demandas. El movimiento obrero los ha organizado para reclamar por sus derechos alzando la bandera de la dignidad. Apoyados por las distintas etnias que conviven en la pampa calichera, son miles los que se han sumado al movimiento descendiendo desde la pampa hacia Iquique. Añoran un mundo más justo, lo exigen.
Algunos marchan con el corazón contaminado por el resentimiento y otros lo hacen con el corazón liviano, cargado de ideales.

Ninguno imagina lo que les espera aquí hoy. Si lo sospecharan jamás hubieran traído a sus niños.

Los poderosos sí lo saben. Se encierran tras sus ventanas o se escapan en los buques mercantes anclados en el puerto.

Se avecina el horror.

El gobierno presidido por Pedro Montt y la industria minera no va a negociar. La masacre en la que en menos de una hora morirán entre dos mil y tres mil personas (incluidos hombres mujeres y niños) es inminente.

Rosa María descansa bajo la sombra de un viejo árbol (el único en el patio de la escuela) sentada a los pies de Olegario Montana, su esposo. Profundamente enamorada, lo mira embobada. Desde que se casaron hace dos años lo acompaña a todos lados. Lo que la motiva a estar aquí hoy no es tanto el sueño obrero como el hombre tras el sueño.

Hace días que vienen marchando, y están agotados por la tensión, el calor y la incertidumbre.

Julito de tres años se esconde bajo las faldas de su madre, Gregoria Fuentes. Se resguarda allí de la humillación. Su padre lo retó porque insistía en acompañarlo al otro sector de la plaza cuando él partía a discutir alternativas de negociación con sus compañeros de lucha. Aferrado a sus piernas se negaba a dejarlo ir, y tuvieron que reprenderlo.

Gregoria sonríe de soslayo mientras observa cómo Rosa María y Olegario se besan. Los espía de reojo pasando una mano por sus labios y recordando cómo era ser besada así. Hace años que su esposo no la besa de esa manera, y este beso le resultaba un soplo de aire fresco.

Los separa menos de un metro.

El destino dispuso que Julito, Rosa María y Gregoria se hallaran bajo la sombra del mismo árbol justo en el momento en que las ametralladoras se alistan para disparar.

La suerte está echada.

Los soldados abren fuego contra la muchedumbre y los cuerpos comienzan a caer como moscas.

Aterrorizado, Julito escapa de las faldas de su madre buscando a su padre, y en el camino se topa con Rosa María.

Gregoria le grita desesperada: —Atájalo, mi pequeño... Atájalo ¡que no se te escape! —Lo señala exhortando a Rosa María para que lo detenga.

Olegario busca con la mirada a su mujer mientras socorre a un hombre que ha aterrizado sobre él arrollado por un impacto. El pobre desgraciado ha perdido una pierna y los dos brazos y se desangra.

Todo sucede en cuestión de segundos.

Reina el terror, los gritos, la sangre. El olor a pólvora lo impregna todo.

Rosa María logró agarrar en vilo a la criatura y lo sostiene con fuerza contra su pecho. Como están en la línea de fuego la única opción que les queda es esconderse tras el árbol. Aferrada a su frágil cuerpito se arroja tras el nogal. Desde su improvisado refugio el niño observa cómo su madre cae en la balacera y Rosa María ve a Olegario estallar en mil pedazos con el hombre en brazos. Contemplan la escena atónitos, paralizados por el miedo y el ensimismamiento. Los cuerpos se retuercen inútilmente en la polvareda.

El niño quiere ir a socorrer a su madre, pero la joven se lo impide. Mientras tapa sus oídos con firmeza le agarra la cabeza manchada con sangre hundiéndola entre sus pechos.

Los sonidos que los rodean parecen salidos del mismísimo infierno. Tiros, gritos, gemidos. El sufrimiento es tan grande que no logra emitir una palabra, ni un gemido, nada. Su cuerpo está petrificado y no le responde. Le tiembla la boca. Su cuerpo ya no es suyo. En menos de cinco minutos se ha vuelto una extraña para sí misma.

Los muertos son tirados y apilados en un zanjón improvisado detrás del hospital. Sólo unos pocos serán sepultados en el Cementerio General con el triste consuelo de un entierro digno.

Luego sobreviene el silencio.

La prohibición a la prensa por parte del Intendente Eastman intentando ocultar la masacre.

Pero la verdad verá la luz del día con la misma fuerza con que el agua se desliza a través de un dique vencido, a través de sus hendiduras.

Las noticias se expandirán, y en poco tiempo llegarán hasta el más recóndito rincón del territorio Americano.

A partir de hoy Rosa María ya no será la misma.
La vida le quitó un amor, entregándole otro a cambio.
Regalo inesperado de un mediodía sangriento.

13

Emelina no puede lidiar más con su dolor.

Sabiéndose un árbol torcido y ya imposible de enderezar una mañana de octubre decide terminar con su tormento. Antes de que el Panchito cumpla cuatro años se despide de él con un beso en la mejilla y como una autómata redacta una nota. En ella le gradece a la Pancha su generosidad y se disculpa por las molestias ocasionadas. Luego le solicita a las autoridades pertinentes que le otorguen la tenencia de su hijo Francisco Peñalba a Doña Francisca Lucila Concepción Vargas. Es lo único que hace con entusiasmo: estampar su firma y la fecha al terminar de redactarla.

"La Pancha lo va a saber cuidar mejor que nadie", se dice convencida. "Mucho mejor que yo. Yo soy un estorbo".

El tren dejó su cuerpo desmembrado, imposible de reconstruir. Por eso el velorio fue a cajón cerrado.

Asisten al entierro sólo unos pocos, los íntimos de Panchita. El suicidio no es algo que se le perdone fácilmente a una madre, y si no fuera por lealtad a Francisca no hubiera ido nadie. Pancha contrató el mejor servicio fúnebre que podía costear y llenó la sala de velatorios con todas las flores de su jardín. Absolutamente todas. "Ya crecerán nuevas", se dijo melancólica, y las cortó sin dudarlo.

Panchito no preguntó por su madre, como si supiera que ella estuvo de paso por su vida. Un espectro vagando entre los vivos, sin intención de quedarse. Eso había sido ella. Un ser inmaterial, naturalmente destinado a desdibujarse.

No, no iba a extrañarla. Su verdadera mamacita era la Pancha, siempre lo había sido. Ella era su madre y su mundo.

Juega entre el féretro y las flores armando avioncitos de papel, y tirándolos por la ventana. Canturrea su canción preferida.

14

Delfina es la sobrina de Irene, la hija menor de su hermano mayor.

Enamorada de un chileno se fue de la Argentina para vivir en Santiago hace unos años, y ahora viaja a Iquique cada quince días para colaborar con una fundación que tiene sedes en todo el país. Su trabajo consiste en conseguirles trabajo a personas de bajos recursos y ayudarlas a resolver sus trámites legales. Es abogada, una abogada con sensibilidad social. *Rara avis.*

—Francisca, estuve pensando un montón en su situación, y tengo una propuesta para hacerle que tal vez pueda interesarle… —Francisca la escucha con el pequeño Panchito en brazos. En los meses posteriores a la muerte de Emelina, Delfina ha sido fundamental en sus vidas. Ella es quien la ha orientado con el papeleo para hacer los trámites de adopción del niño. No sabe qué hubiera hecho sin su asesoramiento. Cada vez que acude a una cita le lleva un ramo de flores o un frasco de jaleas de su huerta.

A lo largo del proceso han ido ganándose la confianza mutua.

—Diga doctora, lo que usted diga. Si viene de usted, seguro que va a ser bueno.

—¡Gracias por el voto de confianza Francisca! ¿Vio que usted me dijo que quería cambiar de aire, irse de Iquique con el Panchito para empezar una nueva vida adonde no se lo miren con pena? En el barrio ya todos conocen la historia de la Emelina…

—Decide no mencionar a la Aurora para no embarazarla. Pancha la mira incrédula. Intenta descifrar hacia dónde quiere llegar.

—Sí... Fue una idea que se me ocurrió un día que andaba cruzada, pero no sé po...

—Bueno, estuve intercambiando mails con una tía mía que vive afuera. Es argentina, como yo, pero vive en Europa. Es hermana de mi padre, se llama Irene. Ella tiene una amiga viviendo en la Argentina en una zona muy coqueta de Buenos Aires. Viajó hace unos años para hacerle el jardín a esta amiga tan querida, un hermoso jardín Francisca, no se imagina. Si usted lo viera lloraría de la emoción, se lo juro. Usted que valora tanto las flores y las plantas... —Francisca asiente con una sonrisa—. Después le voy a alcanzar unas fotos para que lo vea. Bueno, la cuestión es que están necesitando alguien de confianza que cuide de esta maravilla. Además tienen una huerta. Una huerta preciosa, con todo tipo de frutales. Podría hacer esos exquisitos dulces que tan bien le salen y yo y mi familia disfrutamos tantísimo. —Delfina ha meditado mucho sobre cómo iniciar esta charla y concluyó que tratándose de Francisca el jardín era el tópico más indicado —. Y la paga es muy buena. Incluso podría ser una gran oportunidad para el Panchito, que podría estudiar en una escuela bilingüe de la zona. Si usted quiere, claro. Eso yo ya lo he hablado con mi tía y es la condición que puse para considerar la propuesta. Y ella ya lo habló con el señor Nicolás, que es el esposo de la señora Mariana. Mariana es la amiga de mi tía. —Francisca intenta seguirla enumerando los personajes con los dedos de una mano. Sonríe nerviosa—. Sí, ya sé, son muchos nombres. Parece complicado, pero en realidad es muy simple. —Delfina sonríe—. El señor Nicolás es el esposo de la señora Mariana, que es la amiga de mi tía Irene. Él está de acuerdo en pagarle los estudios al Panchito. Es un hombre muy generoso, sabe, y no le molesta la idea de llevar algo juventud a la casa, un poco de vitalidad y alegría. Ellos no tuvieron hijos y la pobre señora Mariana está muy enferma. —Ante la sola mención de la enfermedad Francisca frunce el ceño y se echa hacia atrás en la silla.

—¡Ay! No doctora… Me parece mucho trabajo para una mujer de mi edad. Una huerta y una mujer enferma… Piense que yo voy a cumplir sesenta años este año. No es que le tenga miedo al trabajo sabe, yo me pongo al hombro lo que sea… Pero tal vez ellos necesiten alguien más joven, o una empleada que sepa cuidar enfermos. No sé qué decirle…

—Confíe en mí Francisca. Usted no tendría que hacer el trabajo pesado. Hay jardinero y empleada. Son gente de dinero. Y la señora Mariana no necesita tanta atención tampoco. No está postrada. Tiene una extraña enfermedad neurológica que nunca pudieron diagnosticar. No puede hablar ni recordar cosas de su vida, pero camina perfectamente y obedece todas las consignas. Es como si fuera una niñita obediente y calladita, nada más. Hay que acompañarla porque no se la puede dejar sola, pero es buenita y tranquila. Además en la casa hay varios empleados para ocuparse de todo. Como le digo, gente de servicio es lo que les sobra. Lo que ellos andan buscando es alguien de confianza que pueda volver la casa un hogar. Que sepa de plantas, y pueda darle indicaciones al jardinero. Que cocine sus manjares y acompañe con cariño a la señora. El alma de la casa que desde que ella se enfermó les anda faltando. Usted vio como son estas cosas Francisca, cuando no hay una mujer a cargo todo se descalabra. Y usted es la persona que ellos andan necesitando, estoy segura. Cuando me lo comentaron usted fue la primera persona en la que pensé. Y para serle franca, me parece que aunque esta sea una gran oportunidad para ustedes los verdaderos beneficiados serían ellos. Su comida y su don de gente son insuperables Panchita.

Pancha se pone colorada. La doctora jamás la había llamado Panchita.

—Bueno, déjeme pensarlo doctora… Desde ya, le agradezco la oferta y la confianza. ¿Ellos saben mi edad y la del Panchito?

—Por supuesto. Y como el trámite de adopción ya está casi terminado les dije que usted era la abuela. Para qué andar dando tantas explicaciones ¿no? Si viajan a comienzos de diciembre como está planeado yo podría tener los papeles listos para entonces. Ellos pagan los gastos del viaje, por supuesto.

—¡Ay doctora gracias! Cuantas molestias por una vieja como yo, Dios mío. Me da calor. No sé qué decirle, cómo agradecerle...

—No tiene nada que agradecerme Francisca, simplemente acepte la oferta. No aparecen oportunidades como estas todos los días y cuando aparecen no hay que dejarlas pasar. Además, como ya le dije, el favor se lo estoy haciendo a ellos, no a usted. Estoy convencida de que Mariana la necesita, y que usted es lo mejor que podría pasarle. Es un pálpito. Y mire de que en general no me equivoco con mis pálpitos, eh. Mi papel en todo esto es el de una simple intermediaria, nada más.

Delfina no se equivoca.

Sagaz y dulce instrumento.

15

Francisca se enamora del parque a primera vista y se adapta al pequeño mundo creado por Nicolás al instante. Recorre el jardín tocándolo y oliéndolo todo, fascinada. Jamás había visto en su vida algo tan bonito, ni en sueños.

Sus primeros días en Buenos Aires los dedica a amoldarse a sus actividades cotidianas. Se levanta a las seis de la mañana y trabaja hasta las ocho, sin descanso. Sólo se detiene para estar con el Panchito o dormir la siesta bajo un árbol.

Nicolás insiste en que se tomen los fines de semana para descansar o conocer los alrededores, pero ella se niega. Prefiere quedarse recluida en este pequeño paraíso que de un día para el otro se había vuelto su universo. No precisaba más nada.

Con respecto a su patrona se acerca a ella como ante un animal herido, con cautela y ternura. Y así, de a poco, también se va enamorando de Mariana.

16

Ni bien los ve atravesar el umbral de su puerta Nicolás comprende que Delfina no se ha equivocado. En poco tiempo se entiende a la perfección con Panchita. Y Panchito con Mariana.

Además de ocuparse de las tareas del hogar Francisca se dedica a pasear a la señora todas las mañanas. La levanta, le da el desayuno, la asea y luego de hacerle una interminable trenza idéntica a la suya la lleva a recorrer el barrio.

El recorrido termina en una caminata en círculos alrededor de una pequeña plaza adonde hay una Ermita de la Virgen de Schoënstatt. Así hace sus ejercicios matutinos, llueve o truene, bajo un enorme paraguas que las cobija a las dos de ser necesario. Como la plaza tiene forma circular, y la vereda está hecha de sólo unas pocas hileras de adoquines, caminan por el asfalto.

Después ella vuelve a trabajar en el jardín mientras su patrona se queda descansando bajo la sombra del sauce en verano, o junto a la chimenea encendida si es invierno.

Una o dos veces por semana se toma la licencia de quedarse un rato más en la plaza observando a los vecinos pasar, o descansando bajo el viejo ceibo. A veces también se queda para pedirle algún favor a la virgen.

Durante sus primeros años en la Argentina Panchito casi no sale de la casa. Acompaña a su madre en las tareas del hogar, o se queda jugando con la señora. Si el día es lindo las acompaña a la plaza. Si no, se queda mirando dibujitos animados en la tele. En Chile no tenían televisión. El descubrimiento de la caja boba lo deja embelesado hasta que Francisca decide que es un invento infernal cuya única función era atontárselo, y lo erradica de su cuarto y de su vida. Al comienzo él despotrica un poco, pero luego acepta la pérdida olvidándose de que alguna vez existió.

El día que conoce a Mariana se asusta un poco. Se aferra a la mano de su madre ocultándose tras ella como resguardándose de un peligro. No entiende por qué la señora no habla ni sonríe, y la extraña expresión en su rostro le produce escalofríos. Pero con el tiempo termina resultándole algo así como una inmensa muñeca con quien jugar. Cálida y viva, moldeable.

Se esconde tras ella cuando su madre lo reta por alguna travesura y jamás es delatado. Arma obras de teatro y la disfraza, haciéndola ocupar roles secundarios que ella interpreta sin quejarse. Era la compañera de juegos ideal, obediente y fiel. Callada.

Así, él también aprende a amarla.

A los siete años Panchito comienza la jornada completa en la escuela y empieza a alejarse de la influencia de su madre. A Francisca le cuesta aceptar la incipiente independencia de su hijo. La vejez la había llenado de temores y dudas, y las diferencias culturales que se iban impregnando en la personalidad de su hijo le generaban inquietudes. Lo veía apartarse de sus raíces, día a día. ¡Si hasta en inglés le hablaba ahora! Y ella no entendía nada. Esos cambios la tenían profundamente perturbada. Incluso hasta había llegado a considerar la posibilidad de llevárselo de vuelta a Chile. Pero finalmente, vencida, decide no hacerlo.

Total, Panchito ya era un paria. Y no había manera de dar vuelta esa página.

17

Después de almorzar Nicolás se va al centro para comprar los materiales que necesita para continuar con su proyecto de la serie nueva.

Panchito duerme en su habitación, y sentada en posición india sobre el pasto Francisca frota los pies de su patrona. Ella misma hizo el ungüento para los masajes, una de las tantas recetas que recibió de su abuela indígena. Su olor es fresco e intenso, alcanfor y menta.

—¡Ah, señora! Estoy preocupada sabe. —dice—. El Panchito anda todo el día hecho un zángano. No sé qué le pasa, se ha vuelto un idiota. O sí... Lo sé, pero me gustaría no saberlo, estar equivocada. Ya no estudia como antes y habla cada vez más raro, ¿vio? ¡A veces hasta me cuesta entenderlo! Al principio hablaba en inglés. Bueno, vaya y pase. Pero ahora toda esa sarta de ridiculeces que dice es demasiado. ¡Si ya casi no se le entiende nada cuando habla! En lo único que piensa en estos meses es en esa maldita guitarra que le regaló el señor Nicolás. Y en el jardín de al lado. Claro, es lo único que puede distraerlo de su guitarra, ese jardín. Y ya sabemos lo que hay en ese jardín, y que lo único que puede traernos son problemas, ¿no? —Detiene el masaje y mira hacia el jardín de los vecinos buscando ver a través del cerco—. No me quiere contar en qué anda. —Retoma los masajes—. Pero yo sé perfectamente lo que le pasa, y no es bueno po. Créame. Nada bueno. Está apuntando demasiado alto, y se me va a caer.

Cuanto más alto más le va a doler el golpe. Esa chica no es para él señora. Las dos lo sabemos. Nunca lo va a ser. Solamente que se haya fijado en ella me preocupa. Muestra lo confundido que está. Y el señor Nicolás me lo anda confundiendo más dándole todo lo que pide. Lo confunde. Esa guitarra, esos libros. Yo sé que lo hace con la mejor intención el señor, pobrecito, yo lo sé. Y está muy bien, es generoso. Siempre lo fue. Yo también quiero que tenga oportunidades. Pero si eso me lo va a confundir respecto a quién es, no. De ninguna manera. La adolescencia es difícil, ya sé. Nadie sabe bien qué quiere a los doce años. Pero él está demasiado confundido. No sé po...

Francisca detiene el masaje. Suspira. Lleva sus hombros hacia arriba como oponiéndose a un esfuerzo. Está a punto de decir algo, pero calla. Duda. Finalmente toma valor y habla:

—¡Ay señora! No aguanto más. Necesito hablar con usted, pero de verdad po. Ya son muchos años que la conozco y tengo este secreto atragantado acá —se agarra la garganta— desde que empecé a cuidarla y no aguanto más. —Suspira—. Ustedes han sido tan buenos conmigo... No me parece bien seguir escondiéndole las cosas. —Se seca el sudor de la frente con el dorso de una mano—. Después de todo a esta altura esta casa casi que es mía. Sus plantas... Todo compartimos señora, casi todo. Hasta mi Panchito parece suyo. Él la quiere tanto, sabe. Aunque no pueda hablarme yo sé que usted lo sabe. A veces siento que la quiere a usted más que a mí fíjese, y me da una bronca Para qué le voy a mentir. Será porque usted es tan calladita... Así que para qué vamos a seguir ocultándonos cosas ¿no? No tiene sentido. Usted tiene derecho a saber, y yo no tengo derecho a seguir ocultándole la verdad.

Mariana no da indicios de estar escuchándola, pero Panchita le habla como si la escuchara.

—Panchito no es mi nieto señora. En realidad es mi hijo. Bueno, tampoco es mi hijo. Eso es lo que estoy tratando de decirle, que es hijo de una mujer que conocí en Iquique, hace muchos años. Casi trece. La verdadera mamacita del Panchito se llamaba Emelina y yo la conocí por casualidad una tarde de tormenta. Ella andaba extraviada, como corrida por el diablo sabe. Por esas cosas del destino nos encontramos en un muelle y yo salvé su vida y la del Panchito. Porque ella estaba embarazada del Panchito. Tenía una panza enorme y cuando llegué estaba a punto de saltar del muelle. ¿Puede creerlo? Se lo vi en la cara ni bien la vi, que andaba queriendo tirarse. Yo había ido al muelle a llevarle unas flores a mi comadre la Aurora. Y ella estaba decidida a terminar con todo, hasta con la pobre guagua. Imagínese, tan jovencita, de siete meses y no daba más de sufrir la desgraciada. Yo la convencí de que no se tirara y de que se viniera para las casas a comerse algo rico y calentito. Con la pancita llena se piensa mejor, pensé. Se ve que se tentó y vino porque mire que tenía hambre la pobre. Por un rato me dijo, y al final se terminó quedando. Una cosa fue llevando a la otra y se terminó quedando. Dos meses después nació el Panchito. Tan bonito era mi cabrito, si lo hubiera visto señora. Me enamoré de él ni bien lo vi. Un regalo. Me equivoqué tantas veces en la vida, sabe. Perdí tantas cosas en mi vida... Y a esa altura yo sabía que tenía que aprovechar esta oportunidad porque no iba a tener más. ¡Gracias a Dios lo hice!—Mira hacia el cielo en gesto de alabanza. Luego se pone seria—. Que Dios me perdone señora, pero yo a la Emelina nunca la quise, a usted se lo puedo decir. Por eso no siento que el Panchito sea mi nieto, sino mi hijo. Aunque le diga a la gente que él es hijo de mi hija. A usted se lo puedo confesar. Era difícil quererla a la Emelina. —Retoma el masaje—. La quise, sí. Me encariñé... Pero como se puede querer a un pájaro herido o un perro vagabundo. Porque le juro que la Emelina no era humana, sabe. Era más animal que humana. De verdad. Sin desmerecer a los animales, que tanto tenemos que aprender de nuestros hermanos mayores... —Se detiene a reflexionar—.Agradecida sí, eso era. Eso tengo que reconocérselo. Me dejó al Panchito. Le puso Francisco en mi honor y dejó todo bien arregladito para que fuera mío y de nadie más. Antes de irse se aseguró de que nadie pudiera quitármelo. —Se acomoda la trenza con orgullo—. Eso fue noble. Una de las pocas generosidades que tuvo. Debo haberla visto sonreír unas dos o tres veces, nada más. Pobre niña. Porque era casi una niña, se lo dije ¿no? Dieciséis años tenía. Y encima las veces que la vi sonreír eran todas risas fuera de lugar. Hasta cuando quería parecer humana era rara la pobre. No sé, nunca la entendí. Como le digo, no era de este mundo. Imposible entenderla. Así que un día decidió terminar con todo y se tiró debajo de un tren. —Indaga en la mirada de Mariana buscando una reacción, pero al verla imperturbable continúa—. No me sorprendió la forma. Se fue como vivió, atormentada. Si yo hiciera eso elegiría una muerte suave y tranquila. Qué se yo, algo más parecido a quedarme dormida. Pero la Emelina no. La madre del Panchito era así. —Hace un silencio dudando en si seguir o no, pero continúa—. Nunca lo quiso a su hijo, y esa es la pura verdad. Yo sé que es algo duro de decir sobre una madre, y créame que me cuesta decirlo. Pero así fue. Casi no lo miraba, andaba siempre perdida en sus cosas. Todo el tiempo se le iba en sufrir. A su manera debe haberlo querido porque trató de mantenerse viva para él, supongo. Y mire que era un esfuerzo para ella eh... Yo lo sé porque estuve ahí y vi lo que le costaba. Hasta que un día no aguantó más y se mató. Estoy segura de que se hubiera matado mucho antes si no hubiera sido por él. Otro gesto noble ¿no? —De pronto su voz se vuelve más cristalina, como si cambiando el tono pudiera dejar el tema detrás—. Por suerte él no se acuerda de nada. No recuerda que su madre fue una mujer tan triste. Cuando creció y me preguntó por ella yo aproveché para contarle una historia que la dejara mejor parada a ella y lo hiciera sentir mejor a él. Que lo dejara verse como lo que realmente es, un tesorito. A veces me da miedo que pueda tener algo de ella, por lo de la genética ¿vio? Cuando lo veo encerrado en su habitación me hace acordar a ella y me viene un escalofrío. Pero no. Panchito no es como ella. A él las cosas le llegan casi que demasiado le llegan, por eso elegí no contarle la verdad, para protegerlo. Hay cosas que por su propio bien un hijo no debe saber. Hice bien... ¿no señora? Ningún hijo merece ser abandonado así... —Se queda contemplativa mirando sus pies unos instantes.

—Es inevitable que nuestros hijos crean que nuestra vida les pertenece. Las mujeres perdemos nuestros derechos después de parirlos. No hay caso, es así. Nuestras vidas pasan a ser de ellos y no hay nada de lo que podamos querer que pueda ser más importante que ellos. Ya no somos libres. Es así. Yo lo sé muy bien porque también cargo con ese peso, todos los días de mi vida lo cargo. —La mira a los ojos—. Porque yo también abandoné a mis hijos sabe. —Susurra la frase—. Pero mi historia es distinta, créame. Yo no soy como la Emelina, yo no los abandoné a la buena de Dios como hizo ella. Ellos tenían un padre, quedaron en buenas manos. Ellos tenían su familia. Se tenían el uno al otro, eran muy unidos los tres hermanos. Al final la que terminó quedándose más sola que un perro fui yo. Tres hijos tuve antes que el Panchito. Alexia, Constanza y Enriquito. Panchito no es mi único hijo, sabe. Eso también necesitaba contárselo. Tres hijitos tuve antes que él, en otra vida. Sí, otra vida. Otra Francisca. Ahora deben estar todos grandes. A veces me pregunto si los reconocería si los viera por la calle. Nunca más los vi ni supe nada de ellos. Lo que sí sé es que están vivos. Todas las noches antes de irme a dormir los saludo y ellos me responden, cada uno a su manera po. Nueve, siete y cuatro años tenían cuando me fui. —Carraspea—. Y bueno, ahora viene la parte más difícil. La que más vergüenza me da, pero igual voy a contársela porque sé que puedo confiar en usted señora, y porque estoy decidida a contárselo todo de una buena vez. Todo todito. Yo no me escapé del pueblo y abandoné a mi familia para irme a vivir con otro hombre, como seguramente estará pensando. Me escapé porque me enamoré de otra mujer. Sí, de otra mujer. Como escuchó. Me enamoré de ella como no me enamoré de nadie en la vida.

¿Vio la comadre de la cual siempre le hablo, la Aurora? ¿Esa que me enseñó tantas cosas? Bueno, la Aurora en realidad no era mi amiga, era mi amante. Fue mi amiga durante años, en eso no le mentí. Casi toda la vida. Pero un buen día no sé qué cuernos nos pasó que nos miramos distinto. Fue así, de repente, de un día para el otro —chasquea los dedos en el aire—, muy extraño. Como si de un segundo para el otro nos hubieran lanzado un hechizo, o algo así. —Vuelve a chasquear—. Como si esa noche una luz me la hubiera iluminado para que la viera. Pude ver la mujer escondida adentro suyo. Y no me pregunte cómo, pero me enamoré, así. Y ella me vio a mí. Nos pasó lo mismo. Si usted hubiera visto lo que yo vi también se hubiera enamorado señora. Y hubiera dejado a sus hijos y a su esposo por ella, se lo juro. Si hubiera tenido hijos, claro. Pobrecita. Mire a quién le vengo a hablar de estas cosas, con todo lo que ha sufrido. —Le acaricia una pierna y deja apoyada una de sus manos sobre su rodilla—. Yo tenía mucho más que perder que la Aurora. —Su voz se endulza—. Ella no tenía marido ni hijos, yo sí. Yo tenía una familia. Pero así y todo no lo dudé un segundo ¿sabe? —En la medida que va tomando confianza se muestra cada vez más cómoda con el relato, le hace bien poder hablar con alguien de la Aurora—. No puedo decirle que yo no lo quisiera a mi esposo, era un hombre bueno el Romelio. Romelio se llamaba. Trabajador y decente. Excelente padre. No tengo nada que decir de él, nada malo. Me animé a abandonar a mis hijos porque se quedaban con él. Creo que de otra manera no hubiera podido. No le voy a decir que tomaba, o que me pegaba, o alguna otra excusa que justifique lo que le hice porque sería mentirle. Y no quiero mentir más. Ni a usted ni a nadie.

Lo que realmente me pasó es que me aburría con él, me asfixiaba. Y eso que no estaba mucho en casa eh, porque se la pasaba trabajando. Él se esforzaba mucho por complacerme, eso se lo tengo que decir. Pero no había manera po. No podía quererlo. Mire que me esforcé eh, pero no pude.

Hasta que me enamoré de la Aurora yo creía que las cosas eran así, que en el amor siempre había uno que quería más y otro que se dejaba querer, y que yo era a la que le había tocado ser querida. Pero yo no quería eso, yo quería querer. De verdad, mucho. Aunque eso me hiciera sufrir. Lo que el Romelio sentía por mí, eso yo lo quería sentir por alguien. Entonces Dios me escuchó y me señaló a la Aurora. Dicen que hay que tener cuidado con lo que uno pide porque se le puede dar a una, ¿vio? Bueno, yo puedo decirle que lo que sentí por ella nunca lo sentí por nadie. Ni cerquita. Nunca. Ni lo volveré a sentir. Bueno, ahora soy viejita y si volviera a sentirlo estaría loca ¿no? ¡Dios me libre y me guarde! —Se persigna con el dedo índice y luego se besa el pulgar—. Bueno, pero estoy segura de que es así como le estoy diciendo señora. Era con ella, o con nadie. Ella me cambió la vida.

Se levanta con dificultad usando las piernas de su patrona para hacer equilibrio. Cuando está parada ante ella se acomoda la falda. Primero la agita ventilándose la entrepierna, y después la alisa con las palmas de sus manos. Finalmente se gira para quedar de espaldas mirando al río.

—Yo no sé si lo que vivimos fue un pecado y tendrá un castigo —dice girándose nuevamente y cruzando los brazos sobre el pecho—, pero de lo que sí estoy segura es que Dios no puede estar en contra de un amor así. Porque fue un amor puro señora. —Descruza los brazos—. Y sigue siéndolo, porque todavía lo siento. El tiempo no lo borró ni un poquito. —Se acerca con la intención de sentarse pero desiste—. No le voy a negar que hubo pasión entre nosotras. Pero era mucho más que eso, sabe. Además nos divertíamos, nos queríamos... Qué sé yo... —Se balancea mientras habla, como si danzara con sus palabras—. Era todo tan cómodo con ella, tan fácil. No había una que quisiera más que la otra. Por eso no sufríamos. ¿Vio cuando una está muy, pero muy segura de algo? Así me sentía yo con ella. Y ella conmigo. Estoy convencida de que esto sólo podría haberme pasado con ella. —Termina la frase desplomándose sobre el banco—. Sólo con ella.

—Así que ya ve señora, no tuve opciones. Era con ella o con nadie. —Parece aliviada, como si se hubiera quitado un peso de encima. Abre las piernas y deja caer la falda en el hueco entre sus rodillas—. Cuando nos dimos cuenta de lo que nos estaba pasando entendimos que no íbamos a poder pararlo. Como cuando se le viene un huracán encima a una, ¿vio? Un tsunami. Son fuerzas de la naturaleza imposibles de frenar. Cosas que pasan sin aviso. Y cuando pasan la agarran tan desprevenida a una que no hay adónde escapar. No hay vuelta atrás, ni elección, ni qué ocho cuartos. Uno no elige nada en esos momentos señora. Sólo el mal menor, y con suerte. ¿Qué iba a hacer yo entonces? No podía hacer nada. Cuando me di cuenta de lo que nos estaba pasando ya estaba en el ojo del huracán y no había vuelta atrás. —Se abanica con la pollera—. Como este calor, ¿vio? No hay sombra que la refresque a una.

Sostiene su trenza con una mano mientras sube un codo para soplarse la axila. Luego vuelve sobre sus pasos para sentarse sobre el pasto en posición india. La humedad del suelo la alivia. Resopla, toma el ungüento entre sus manos y desenrosca el frasco despacito. Lo huele.

—Qué rico olor ¿no? Es tan fresco... —Le acerca el pote para que lo huela pero Mariana no reacciona—. Vamos a seguir con nuestro masaje señora. Con la charla me distraje y se lo dejé sin terminar, discúlpeme. Mientras, le sigo contando ¿le parece? Porque usted harto necesita este masaje po. —Toma el pie de Mariana—. La menta va a ayudarla a desinfectar esta pequeñita herida que tiene aquí, ya va a ver. —Le acaricia la rodilla examinándola.

—Yo sabía que en el pueblo jamás iban a perdonarme que me hubiera enamorado de una mujer. Si me quedaba hubiera sido una vergüenza y una desgracia para todos. Mi familia me hubiera odiado, y con el tiempo hubieran preferido verme muerta. Lo sé.

Así que me fui. Fue lo mejor, estoy segura. Y volvería a hacerlo. Al principio fue muy duro, no se lo voy a negar. Me dolía el cuerpo de extrañarlos a mis hijos. Sobre todo al Enriquito que tenía cuatro añitos cuando me fui. ¡Cuatro añitos! La misma edad que tenía el Panchito cuando murió su madre, fíjese. No me había dado cuenta de eso. —Detiene el masaje unos segundos—. Qué curioso. Recién me doy cuenta... —Aparta bruscamente el pensamiento de su cabeza para retomar el masaje—. Como le digo, cuatro añitos tenía el Enriquito. Me dolía el cuerpo de extrañarlo. Soñaba con él todas las noches. Pero todas, toditas las noches eh. Literal. Ya van a hacer treinta años y lo sigo soñando vea. Debe ser un hombrecito ahora el Quique, pero para mí va a tener cuatro añitos siempre. Una o dos veces lo soñé de grande, como de catorce. Pero siempre lo sueño de guagüito. La mayoría de las veces está perdido y me llama llorando. "Mamá, mamacita", me dice. Y yo lo busco y lo busco pero no lo encuentro. Otras veces sueño que está recién nacido encima de mí y le doy la teta. Y él me mira con esos ojazos negros que Dios le dio, y yo siento en el pecho una mezcla de alegría mezclada con amor que parece que voy a explotar... —Traga—. Son sueños muy bonitos. Lástima que no los tengo tan seguido. Los sueños tristes son los que más tengo. Treinta años pasaron señora, y lo sigo soñando. Es increíble. Cuando llegó el Panchito a mi vida empecé a soñarlo de nuevo. Pensé que me había olvidado, pero los años hicieron que los recuerdos volvieran con más fuerza. No sé por qué será, pero es así. ¿Vio? Sobre todo los fantasmas, como les digo yo. Nos encuentran, no importa dónde nos escondamos. —Se concentra en los masajes unos minutos y retoma el monólogo. Ahora que se ha decidido contar su historia, necesita contar hasta el último detalle—. Al principio me sentí tan mal que casi me vuelvo a Montegrande a buscarlo. Lo hablamos mucho con la Aurora. Ella me apoyaba, pero yo no sabía qué hacer. Me imaginaba escabulléndome de noche para robármelo cuando estuvieran todos durmiendo. Esa era la única opción porque me aterraba la idea de cruzarme con mi esposo o a mis hijas. Imposible. Me moría de la vergüenza. Yo sabía que les debía una explicación, pero no podía dárselas. No tenía el coraje. Y al final no pude. Sentí que no podía hacerle eso al Quique, separarlo así de sus hermanas y de su padre. Elegirlo a él y dejarlas a ellas. Además hubiera tenido que cambiarle el nombre y transformarlo en un fugitivo, pasarnos la vida escapando. Porque yo sabía que a él su padre lo hubiera buscado y no hubiera parado hasta encontrarlo. No tenía derecho a hacerle eso. Además siempre fui respetuosa de la ley. Mejor dejarlo así, pensé. Pero por las noches me seguía llamando. Me gritaba, "Mamacita, mamacita, ¿dónde estai?". Ay señora, no se imagina lo que eran esas noches. El mismísimo infierno. Me despertaba en la mitad de la madrugada toda transpirada y llorando. La Aurora me consolaba y me decía que volviéramos, que estaba dispuesta a sacrificar nuestra felicidad por la de nuestros hijos. Porque para ella eran sus hijos. Como le digo, me ayudó a criarlos. Cuando nos íbamos a dormir pensábamos cómo recuperarlo, pero cuando salía el sol no nos acordábamos de nada de lo que habíamos hablado la noche anterior. Más adelante veríamos qué hacer, me decía la Aurora. Y así se nos fueron pasando los años. Nos fuimos acostumbrando. Supongo que lo mismo les habrá pasado a ellos, que se habrán acostumbrado a vivir sin su madre. Porque nadie es indispensable en la vida de nadie señora, aunque en el momento creamos que es así. Si logramos sobrevivir al dolor después de un tiempo salimos adelante. Avanzamos, como sea. La vida nos va acercando lo que necesitamos y lo hacemos. Si no míreme a mí, que creí que no podría sobrevivir sin la Aurora y acá estoy, vivita y coleando. Dándole a usted harto masaje. —Sonríe—. Con los años las cosas se calmaron. Seguí soñando con mis hijos, pero más tranquila.

Igualmente todavía los saludo antes de irme a dormir eh, no crea. Todas las noches los saludo. Y ellos me contestan, cada uno a su manera claro. La Likita, la mayor, me contesta con cariño.

Ella siempre fue la más buenita de todos, pobre santa. Desde chiquita ya era la más responsable y servicial. Estoy segura de que fue ella quien se hizo cargo de sus hermanos cuando me fui. Nueve añitos tenía. Ahora debe tener treinta y nueve, la edad que yo tenía en ese momento. Que increíble ¿no? Era tan pequeñita y ya se creía toda una señorita. Viera usted. Tan responsable era. Buenita, buenita. La luz de los ojos de su padre. Jamás hubiera podido separarlos a esos dos, aunque hubiera querido. Estoy segura que tomó mi lugar y cuidó de todos, incluso del Romelio. Pobrecita mi Likita. Yo sé que no fue justo empujarla a ser madre así, tan temprano. Me pregunto si habrá tenido hijos o quedó agotada. Pero como le digo señora, yo no tuve opciones. No pude elegir. Sigue siendo tan buenita mi Likita que cuando la saludo por las noches nunca me reprocha nada. Pobrecita. Y eso me hace sentir peor todavía. Si se enojara como la hermana sería más fácil, me haría sentir menos culpable.

Porque en cambio la Constanza ¡esa sí que se enoja! Y pasan los años y sigue enojada. Siempre fue así la Costi, vaya uno a saber por qué. Desde la panza se la pasaba pateando, dele que dele. Todos decían que iba salir futbolista. Si hubiera sido varón podría haber sido Maradona. Todavía hoy patea. Usted viera. Cuando una de las dos está pensando en la otra puedo sentir su odio bien clarito. De a ráfagas lo siento. Durante el día o por la noche, no importa el momento del día su odio siempre me alcanza. Es tan grande que me encuentra adonde esté, dormida o despierta. Me toma por la espalda y me hace doblar en dos del dolor, siempre. Es la Costi me digo, que está pensando en mí. Cuando su odio me alcanza tengo que dejar lo que esté haciendo para detenerme a pensar en ella. Le pido perdón. Le hablo para calmarla. Le digo: "Ay m' hijita perdóneme mi querida perdóneme. Tiene usted razón, toda la razón del mundo. No hay nada que yo pueda decir que justifique lo que les hice. Sólo puedo pedirle perdón. Yo sé que no merezco su perdón, pero démelo para hacerse un favor a usted misma, para encontrar algo de paz, es por su bien m'hijita, no el mío. Si me perdona va a quitarse ese peso de encima…". Se lo digo con el corazón y con el alma pero ella nunca me contesta. Pega la vuelta y se va, ofendida. —Mira las hojas del sauce flotando sobre el agua—. Pero igual después siempre vuelve con su enojo. Siempre. No hay caso po, no se le va.

Como le decía señora, los hijos no entienden. Creen que sus madres les pertenecemos, que no tenemos derechos. Hasta que tienen sus propios hijos es así. Pero a veces ni entonces. Son egoístas. Y bueno, qué se le va a hacer es así, es la ley de la vida. El precio que hay que pagar por haberlos parido. No se puede hacer lo que yo hice y sobrevivir sin pagar el precio. No hay manera. Yo la disfruté a la Aurora como no disfruté de nada en la vida pero para hacerlo tuve que pagar ese precio. Ni más ni menos que mis hijos. Le digo que es como entregar un brazo o una pierna, pero sin anestesia. O peor. Es un dolor insoportable. —Concluye de manera categórica—. Aurora fue lo mejor y lo peor que me pasó en la vida, sin duda. Me lo dio y me lo quitó todo.

Hace un largo silencio y luego retoma el masaje con una mezcla de resignación y alivio:

—Bueno señora, esta es mi historia. No estoy orgullosa de ella, pero es la pura verdad. Ya está, ahora que se la conté todita y no hay secretos entre nosotras puedo dormir tranquila. Gracias por escucharme y por ser tan comprensiva. Yo sabía que podía confiar en usted.

18

Tres siglos atrás.
Pancha tiene nueve años.
Mariana es su madre.

La niña cuida con devoción a su madre.
Le lleva el desayuno hasta la cama intentando hacerla engordar, aunque sea unos gramos.
Le acerca la cuchara hasta la boca limpiando las sobras que caen sobre la almohada.
La peina. La perfuma. La higieniza.
Investiga minuciosamente entre sus brazos y sus piernas buscando bultos, enumerándolos. Los acaricia.
Los meses y la enfermedad carcomieron el cuerpo de esta mujer dejando a cambio sólo despojos. Piel y huesos, sobrevivientes estoicos al paso del tiempo.
La niña cuida con devoción a su madre convocando un milagro.
Rogando porque Dios la escuche, o porque Dios exista.

Francisca no recuerda. Masajea los pies de su patrona concentrada en contar su historia.

En cambio Mariana sí, Mariana recuerda todo y reconoce el amor en sus manos.

Atando cabos.

19

Panchito ingresa al jardín arrastrando los pies.

Carga en sus manos una guitarra y un cuaderno como si fueran un pequeño tesoro. Su andar es lento y pausado.

Luego de su confesión la Pancha quedó exhausta, así que después de darle de almorzar en la cocina llevó a su patrona de vuelta al jardín para que descanse bajo la sombra del sauce mientras ella dormía una siesta. La señora nunca dormía la siesta, pero ella sí. Y no veía la hora de tirarse a dormir un rato.

Se refriega los ojos somnolienta mientras espera a que su hijo salga al jardín a reemplazarla. Bosteza. No le gusta dejar sola a Mariana. El jardinero tiene el día franco y la empleada está enferma, así que quedaron en que él iba a venir a cuidarla. Cuando lo ve llegar sonríe aliviada.

—¿Cómo andai el Panchito? ¿Pudo descansar? Anduvo despierto toda la noche po... No importa, porque está de vacaciones y no tiene que andar levantándose temprano, pero esa guitarra me lo va a matar... ¡Necesita dormir mi querido! Por más bonitas que sean sus canciones si se la pasa escribiendo no le queda tiempo ni para dormir... ¡Y no sólo de música vive el hombre Panchito! —Bromea intentando suavizar la reprimenda.

Francisco la mira irritado. No sonríe.

—Usted no entiende nada Mamá Abuela. No hable si no sabe. Pero para qué voy andar explicándole, si igual usted no entiende. No hay caso che—. Apoya sus pertenencias sobre el banco mientras se sienta junto a Mariana posando una mano sobre su hombro. Le da un beso en la mejilla.

—¿Y para mí no hay nada, pues? ¡Algo! Un, por ejemplo: "Buen día mamacita, dormí bien anoche, no se preocupe". Algo podría decirme, ¿no? Un beso de buenos días al menos. A la señora Mariana sí. Para la señora Mariana todo. Y para mí que soy su señora madre, nada.

—La señora Mariana no me molesta con comentarios que son un faso Pancha. Harto molesta es usted. No para de hablar. En cambio la señora Mariana es perfecta. ¿Ve? Mudita.

Francisca lo mira furibunda. Mete las manos en el bolsillo de su delantal conteniendo el enojo y se aleja hacia la casa gesticulando con la cabeza. A medida que avanza su furia va *in crescendo*. De pronto se detiene en seco y pega la vuelta.

—Bueno señorito Francisco, ya que la quiere tanto a la señora Mariana y ella es la única que lo entiende... Pues ahora usted es el encargado de cuidarla hoy, toda la tarde. Después de la siesta me voy a hacer las compras y se la encargo. Además, va a ser el responsable de prepararle la merienda y limpiarle el culo si es necesario.

Francisco refunfuña.

—¡Pero mamacita! Nidia es la encargada de la merienda. ¡Ese no es mi trabajo! Que se la prepare ella. No lo puedo creer... ¡Qué paja boludo! —Francisca había retomado el paso, pero ni bien escucha la palabra *paja* se detiene en vilo pegando la vuelta. Grita:

—¡Qué Nidia ni qué ocho cuartos! —Ahora gesticula con todo el cuerpo—. Nidia está enferma y lo va a hacer todo usted solito, mocoso insolente. Por atrevido. Y si insiste también la va a bañar por la noche. ¿Comprendido? Así que ahora se ocupa de ella y le demuestra su amor con hechos.

Francisca está furiosa. No soporta más los desplantes de este niño. En los últimos meses cualquier cosa es más importante que ella: la señora Mariana, la guitarra, la tilinga de al lado. Cualquiera.

Y ella, el último orejón del tarro. Ella, que se desvivió para cuidarlo toda la vida. Ahora resulta que es invisible.

20

Los gritos de Francisca se diluyen dentro de la casa.

Francisco ahuyenta el fastidio resoplando y frotándose la cara.

Morocho y bien parecido, tiene sólo doce años pero parece de quince. Aires del altiplano, manos de artista. El flequillo cayendo sobre sus ojos le da un aspecto desgarbado y lánguido. Despeja su frente acomodando el pelo una y otra vez tras la oreja.

Un collar de mostacillas verde y una remera rosa resaltan su piel morena y unos dientes blanquísimos. Su vestimenta, impecable, no tiene una arruga. Y sus zapatillas nuevas están al último grito de la moda. Desde hace un par de años presta particular atención a su apariencia. Eso lo ayuda a contrarrestar la inseguridad que le produce vivir en un mundo al cual no pertenece: un mundo de blancos.

"Hoy es mi día", se dice. "Hoy me juego a full." Se puso su remera y sus zapatillas preferidas para facilitarse el envión.

Salvo por la altura, Francisco parece hijo de Nicolás. Nicolás es de estatura media y Francisco muy alto. Por lo demás, son notablemente parecidos. El comentario malicioso del barrio durante años fue que se parecían demasiado. Se tejieron todo tipo de conjeturas en torno a esto, hasta que finalmente el tema quedó de lado. Todas las hipótesis resultaban demasiado inverosímiles. Y además todos la querían a Panchita.

—Es un faso la vieja, no me la banco más. Le juro. —Panchito le habla a Mariana—. Por suerte se fue y nos dejó en paz, posta.

Ella cree que me jode con las boludeces que dice. No tiene ni idea... —Parado de frente al banco apoya una pierna sobre su travesaño para sostener la guitarra sobre uno de sus muslos. Comienza a afinarla—. Anoche compuse una canción. Es una masa, ya va a ver. Es para Valentina. Quiero tocársela cuando salga. Seguro que en un rato sale al jardín. Ella siempre sale a la misma hora. ¿Quiere escucharla? Así de paso practico un poco... —Se sienta—. Me falta ajustarle unos acordes, pero está casi lista. Quiero que quede perfecta. —Estira el cuello en dirección al cerco—. Si hoy sale, esta vez me va a registrar. Posta. Sí o sí. Si no me da bola me mato... Me está volviendo loco la flaquita. Ya no sé qué joraca le pasa, por qué no me registra. Parezco invisible. Otras minitas me dan re bola, eh. Le juro. Pero ella ni onda. Yo entiendo, soy medio pendejo dos años menor, no da. Yo sé. Pero seguro que con esta canción la mato. Pendejo y todo, la mato. Es una masa, ya va a ver.

Comienza a tocar.

La música brota de su guitarra como agua de un manantial, mágica y cristalina. Notas tiernas y sinceras que asoman tímidas, pero finalmente terminan apoderándose del jardín, sin esfuerzo.

Su potencia contrasta tanto con la imagen del Panchito torpe e inseguro sobre el banco que cuesta creer que provengan de la misma guitarra. Sus melodías no concuerdan con la apariencia ni la edad del compositor.

"Esta flaca me vuela la cabeza", piensa entusiasmado. Con sólo pensar en ella siente que se eleva.

Con el tiempo descubrirá que es un amor mucho más grande el que le da las alas, no Valentina.

Ella es sólo el despertador.

21

Valentina vive del otro lado del cerco.

Es preciosa.

Desde que su novio se fue de vacaciones a Uruguay hace más de un mes sus ojos se posan infructuosos sobre el río, todas las tardes.

Lo visualiza en el horizonte. Feliz, rodeado de amigos. Se tortura imaginándolo con una novia más alta y más bonita. Surfeando olas inmensas y descansando sobre la arena tostado por el sol y cubierto por parafina.

Este verano no pudo irse de vacaciones como otros años porque sus padres están atravesando una crisis de pareja. Acaban de anunciarles que existe la posibilidad de que él se vaya a vivir al centro, por un tiempo les dijeron. La excusa es que necesita estar más cerca del trabajo, pero ella sabe perfectamente lo que eso significa. Sus hermanos son más chicos y no se dan cuenta, pero ella sí. Se van a separar, era obvio.

A ella lo único que le importa ahora es que no pudieron irse a Punta del Este de vacaciones. No quiere concentrarse en el futuro. El futuro es algo abstracto, inalcanzable. La joda es que sus padres justo tenían que venir a entrar en crisis ahora, y por eso ella no había podido irse. Era culpa de ellos que no pudiera estar con él.

Chequea constantemente en la pantalla de su iphone buscando un mensaje que calme su ansiedad, pero estos no llegan con la frecuencia que necesita. Mientras los otros se divierten ella está aquí, clavada. Condenada a vivir a través de una maldita pantalla.

Francisco la ama.

Ama la belleza de sus ojos en los que se pierde sin remedio cada vez que se cruzan en la parada del colectivo, aunque ella no lo mire. El misterio de la tristeza que ocultan. Ama su pelo largo y rubio que bambolea con impunidad, sin dobles intenciones ni vergüenza. Ama todo lo que ella representa, que jamás tuvo ni jamás tendrá. Una familia, un padre, hermanos.

Pero por sobre todas las cosas la ama porque intuye que detrás de esa apariencia algo arrogante y engreída se esconde un alma sensible. Un cuerpo bello y voluptuoso habitado por una amable doncella. Un ser encantador e incomprendido.

El único detalle que lo inquieta y descorazona un poco es la edad. Ella tiene catorce, y esos dos años son un abismo más infranqueable que cualquier diferencia económica o social. Por lo demás, está convencido de que nacieron el uno para el otro.

Observa el mundo que descansa indiferente del otro lado de la cerca.

Acomoda la guitarra sobre su muslo.

Se ha propuesto llegar hasta ese mundo como sea, aunque le lleve una vida. Nada podrá impedirlo.

La música será el vehículo.

22

Escapando del dolor Valentina sale al jardín.

Ni bien escucha la música que viene de al lado se siente atraída por sus melodías, se dirige hacia el cerco caminando despacio mientras habla con una amiga por teléfono. En realidad es la amiga quien habla, ella escucha.

Una vez que llega al cerco se saca las sandalias, huele los jazmines y cierra los ojos conteniendo el aliento, como buscando conservar el aroma dulzón en sus pulmones.

—Hablemos más tarde Miu. Gracias por los consejos, sos una genia. Te quiero. Me hace re bien hablar con vos, te juro. Pero ahora tengo que colgar. Después te explico. Chau.

Corta la comunicación y se agarra al alambre tejido sin soltar el celular. Vuelve a cerrar los ojos y apoya la frente entre las flores.

Esta música era la conjunción perfecta entre belleza y liviandad. Nunca había escuchado una música que la conmoviera así. Tal vez porque hoy estaba sensible y todo le llegaba más, como si no pudiera defenderse y todo le entrara directamente a través de la piel.

Mientras su cuerpo se contornea al compás de sus cadencias se va relajando. Debe ser una señal, se dice. En el día más triste de su vida, un regalo. Un faro en la oscuridad.

Cuando abre los ojos para ver de dónde proviene la fuente de su inspiración ve al Panchito junto al banco y no sabe qué la sorprende más, si la embriagante melodía o el hecho de que el autor de la misma sea el pibito de al lado. Si bien es alto y parece más grande de lo que es, en realidad no tiene más de doce. Lo sabe porque en su casa le hablaron de él; es el nieto de la empleada. Ya lo había cruzado alguna vez en la parada del colectivo.

Francisco la mira de reojo escondido tras su flequillo. La lengua se le seca en la boca y siente un ligero ardor en el estómago. Las manos le tiemblan. "No seas idiota Paquito, no lo arruines boludo tranquilizate vamos che, tranqui", se dice a sí mismo intentando dominarse. "Concéntrate en la música, sólo en la música. No pienses en otra cosa".

Pero no lo logra. Las imágenes acuden a su mente sin control, una tras otra. Valentina en su jardín mirando el río, nostálgica. Valentina, caminando en cámara lenta con un vestido transparente en una playa en el Caribe. Valentina en la pileta con su novio, en su bikini violeta. Las imágenes se asocian a la música como en una película, en cámara lenta. Y la lente de la cámara va siguiendo a su heroína a sol y a sombra. Valentina peleándose a los gritos con su hermano, tirándole un libro por la cabeza. Valentina acercándose a él con ojos de gata en celo, insinuante, decidida. Los labios carnosos y húmedos posándose sobre los suyos a través del alambrado. El calor le embarga el cuerpo. Su fantasía está a punto de generarle una erección.

"¡No! ¡No! ¡Tenés que controlarte, Dios mío Paquito! Pensá en otra cosa, ya, en cualquier cosa".

Su vida y su destino dependen de este instante.

Decide enfocarse en la imagen de su profesora de lengua. En sus bigotes negros. En sus gigantescas caderas que impunemente menea ante el pizarrón todos los miércoles a la mañana. Se visualiza en el dentista. En clase de matemática. Viajando en colectivo.

Pero Valentina vuelve a filtrarse por cada uno de los resquicios de su mente desplazando cualquier pensamiento que no sea el de ella misma.

Su consciencia vaga como un auto saboteado, amenazando con caer al precipicio.

23

—Boludo, no lo puedo creer. Jodeme. Sos un capo total...
¡Mal! ¡Te juro que no lo puedo creer! Posta que lo tuyo es un
flash. ¿Dónde carajo aprendiste a tocar así? Tengo la piel de ga-
llina mirá.

La joven se lleva una mano hacia el antebrazo acariciándose la
piel con la yema de sus dedos. Tiene las uñas pintadas de negro.
Francisco la mira y vuelve a excitarse. Todo en ella lo excita. Ese
gesto tan natural (como al pasar y sin segundas intenciones) le
parece el gesto más sensual que jamás haya visto en su vida. Y
dedicado a él. No lo puede creer.

—No... Gracias. Yo que sé... La compuse anoche. Estaba
terminando de ajustar unos acordes, pero le falta todavía... —
Cancherea mientras apoya su guitarra en el suelo. Luego se
arrepiente y decide agarrarla de nuevo, mejor tener algo a lo
cual aferrarse.

—¿Cómo te llamas? Nos cruzamos siempre en la parada del
colectivo y nunca nos saludamos. Tengo de vecino una especie
de genio y no lo sabía. Boludo, sos un capo. Mal. Te juro. No
lo puedo creer.

—Me llamo Francisco. Algunos me dicen Panchito, pero a
mí me gusta que me digan Paco.

—¡Como el papa Francisco! Hola Francisco. Yo soy Valentina.
—Lo saluda pasando sus dedos a través del alambrado. Francisco
quiere acercarse, pero frena su impulso—. Ya era hora de que

nos presentáramos, ¿no? Todos estos años viviendo al lado de un guitarrista que algún día va a ser archifamoso, y yo ni enterada. Posta. ¿Cómo no te escuché antes?

—Es que la primera vez que salgo a tocar al jardín. Siempre practico adentro, en mi cuarto.

—¿Hace mucho que tocás?

—Dos años. Tomo clases dos veces por semana y después practico solo. Pero hoy mi abuela se fue a hacer las compras y decidí salir a entretenerla un rato a Mariana, la dueña de casa. —La señala—. Está todo el día ahí sentada la pobre, mirando la nada. Quería distraerla un poco. Posta que debe aburrirse muchísimo ¿no? Lo suyo es un embole. Siempre me pregunto en qué estará pensando. Porque algo está pensando, de eso estoy seguro.

—Sí, que bajón. Pobre, es espantoso. Pero por otro lado... Qué paciencia ¿no? Algo me contaron sobre ella, parece que tiene una enfermedad rarísima ¿no? Hace mil que está así.

—Una bocha. Ella y su marido vivían en Nueva York cuando se enfermó. Nicolás decidió traerla de vuelta a la Argentina hace unos años para ver si acá sí se recuperaba. Pero nada che. No hay caso, está ida. Aunque para mí que no es tan así, ¿sabes? Te juro que para mí nos re escucha. Yo le hablo un montón. Y aunque no me contesta, obvio —empuja los hombros hacia arriba—, siento que me escucha y me entiende. Es grosa la vieja. Posta. Era fotógrafa. Nicolás es pintor, un pintor de la puta madre. No sé si oíste hablar de él, hizo los murales de la casa —los señala con la cabeza—, y no sabés los cuadros que pinta. Son una masa.

— Sí, obvio que sé. Es archifamoso boludo. No tan famoso como vas a ser vos, pero bueno. Qué se le va a hacer... —Frunce la nariz risueña—. Una casa de artistas, qué copado. Nada que ver con la mía que es un embole total. —Se detiene a mirarlo y anuncia rimbombante—. Porque vos sos un artista de la concha de la lora y vas a ser un groso Franchesco. ¿Lo sabías, no? Te lo digo en serio, vas a ver. Y acordate lo que te digo, porque mirá que yo tengo re olfato. —Ilumina su cara con una sonrisa—. Cuando seas famoso ¿me vas a dar bola?

Francisco se ruboriza y baja la mirada.

—Pará che, alta manija te estás dando...

—No. En serio te digo. No es joda boludo. Sos un capo Franchesco. ¿Te puedo decir así? A mí me sale decirte así, Franchesco... ¿Alguien más te llama así?

—No. Nadie.

—Bueno, mejor. Así soy la única. ¿Sabías que cuando salí al jardín hace un rato hiciste que me olvidara de todos mis problemas? Y mirá que eso hoy sería casi un milagro. Te juro. Misión imposible. Estaba re angustiada y me dejaste tipo nueva. Un flash boludo. Tu música me sacó del pozo.

Francisco siente que esta era la oportunidad que estaba esperando, sólo que nunca imaginó que llegaría tan rápido y no estaba preparado. Decide ser valiente y lanzarse.

—¿Angustiada por...? —Ruega porque no mencione al novio.

—No. Nada. Nada importante. Mis viejos, que son un faso ¿viste? Nada nuevo. Una paja. A todo el mundo le pasa lo mismo con sus viejos ¿no?

Valentina no sospecha con quién habla.

—Sí. Tal cual. Un faso. Por suerte yo no tengo ese problema. Mi viejo hace años que vive en Europa. No lo veo hace mil, me dijeron que vive en Italia. Ya casi ni me acuerdo de él. Y las fotos que tenía mi abuela se perdieron, así que ni siquiera sé bien cómo es. Dicen que es parecido a mí. Francisco se llama, como yo. —Se lleva una mano a la boca con una tos nerviosa—. Me hubiera gustado que pintara un poco más el chabón, pero bueno. Todo bien. Mi vieja es una hinchapelotas pero no está mal después de todo. En realidad no es mi vieja, es mi abuela. Mi vieja se mató en un accidente de autos cuando yo era chico, por eso mi abuela hizo de madre. Como mi padre no podía hacerse cargo de mí porque estaba a full con sus cosas, me dejó con ella.

—Uy boludo, qué bajón... Pobre. ¡Es durísimo todo lo que me estas contando! Y yo que creí que tenía quilombos, ¡lo tuyo es cien veces peor! Pero por lo visto lo llevás muy bien che. Bien ahí.

Pancho se aferra a su guitarra.

—Sí. No me puedo quejar. Nicolás es una masa. Me trata bárbaro. Mucho mejor de lo que me hubiera tratado mi viejo, seguro. Me apoya en todo. Él me regaló esta guitarra. Me dijo que más adelante si quiero me manda a estudiar afuera. Cuando termine el colegio, obvio. Por eso me estoy poniendo las pilas a full con el inglés.

—¡Boludo! ¡Qué culo que tenés! No lo puedo creer. Es lo más el chabón...

—Sí. Y tiene un súper depto en Nueva York. Cada tanto viaja para allá. Nunca más de dos semanas porque no le gusta dejarla mucho sola a Mariana. Me dijo que este invierno quería ir conmigo para ver si me gustaba. Yo estoy seguro de que me va a encantar. Mi vieja no está muy convencida... Qué sé yo, vamos a ver.

—¡Uau! ¿Sabés que este año yo también me estoy yendo a New York con mi mamá? ¡Mirá si nos cruzarnos allá! Sería bárbaro. Vamos para mis quince. El otro día fuimos a sacar la visa para entrar a Estados Unidos y me la dieron, por suerte. Pero no sabés los nervios que pasé, la boluda de mi vieja hizo todo mal. Imaginate. ¡Fue drogada a hacer el trámite! Quiso tomar un remedio para la alergia pero se equivocó y termino tomándose una pastilla para dormir. Un papelón. Re gagá la vieja. La mina que nos atendió creo que se apiadó de mí y por eso nos dieron la visa, supongo. Otra explicación no hay. ¿Te das cuenta en manos de quién estoy? Por suerte dentro de poco voy a ser mayor de edad y me voy a la mierda. —Se aferra al cerco—. Che, ahora que lo pienso con la noticia que nos dieron hoy en casa no sé qué va a pasar con lo de mi viaje, porque hay harto quilombo... Pero sorry... A mí me lo prometieron ¿viste? Yo a New York me voy. Sí o sí. Me importa un carajo sus quilombos. A mí me lo prometieron, y yo voy pase lo que pase.

—Obvio. Una promesa es una promesa.

Valentina sonríe. Le cae bien Franchesco.

—¿Tocarías un toque para mí Franchesco? Así te grabo con mi iphone y después lo subo a YouTube. Quiero ser yo quien te descubra y te haga famoso. Cuando les cuente a mis amigos no lo van a poder creer, te juro. Van a creer que los estoy jodiendo.

Francisco se ruboriza.

—Dale. Te filmo entonces... ¿Me dejás? Vas a flashear a todos, vas a ver. Pero acordate de tu amiga Valenchu cuando las chicas te acosen y se te tiren encima eh... —Sonríe mientras comienza a hablarle a su iphone—. Acá estamos, al tres mil cuatrocientos de la calle Amado Nervo... Un veinte de enero del año dos mil quince. En este momento histórico quiero presentarles a un capo total: mi vecino Paco... —Interrumpe la filmación—. ¿Cómo es tu apellido?

—Peñalba. Paco Peñalba. —Retoma la grabación.

—Acuérdense de este nombre amigos: Paco Peñalba. Algún día va a ser mega famoso y quiero que les quede bien claro que fui yo quien lo descubrió. Además de ser lo más como músico, es mi amigo. —Acentúa sus palabras reforzando el sentido de pertenencia en ellas—. Los dejo con él y su guitarra. —Finaliza dirigiendo la cámara hacia él.

Francisco siente que el cuerpo no le responde, las manos le tiemblan y las piernas se le aflojan. Decide sentarse sobre el pasto para disimular los nervios. Del otro lado del cerco Valentina lo enfoca a través del alambrado.

Comienza a tocar tímidamente, y a medida que va cobrando confianza se entrega a la música apasionadamente. Ella lo graba. Diez, quince, veinte minutos. La canción termina pero él improvisa. La guitarra se transforma en el cuerpo de Valentina. Vital, resonante, inspirador. Sus dedos se deslizan por las cuerdas como si no fueran suyos.

Están completamente sumergidos en la magia del momento cuando de pronto desde la casa alguien reclama a la joven a los gritos:

—Valen… ¡Apurate que vamos a llegar tarde a lo de Nancy!

Valentina detiene abruptamente la grabación y se levanta.

—Sorry, es mi vieja que es un faso, te dije. —Sonríe—. Me quedaría toda la tarde escuchándote Franchesco, te juro. Pero tengo que irme a la psicóloga y la verdad que hoy la necesito… —Apoya su mano sobre el alambrado—. Aunque vos has sido el mejor psicólogo que podría haber tenido. Gracias che. ¿Cuánto te debo? —Se ríe—. No… ¡Joda! Posta che, me sacaste del pozo y encima me dejaste grabar tu primer recital. Y eso me va a hacer famosa a mí, de rebote. Lo voy a subir a YouTube para que mis amigos lo vean y ya vas a ver, vas a matar. Después te cuento las repercusiones, ¿dale? Si querés mañana nos podemos encontrar acá a la misma hora. ¿Te parece?

Francisco duda unos instantes porque no quiere mostrarse desesperado.

—Si podés, obvio. Si no, tipo todo bien. Yo decía… Ya que estamos de vacaciones, ¿viste? Tipo re al pedo…

—No… Sí… Obvio ¡Dale! Mañana tipo a la misma hora. Me encantó. Así practico esto de tocar en público. Buenísimo.

—Espectacular… ¡Qué copado! Mañana nos vemos entonces… —Valentina corre en dirección a la casa intentando bajarse la pollera con una mano y agitando el celular con la otra.

Panchito la observa alejarse. Después de un rato se levanta ayudado por su guitarra y se dirige de vuelta hacia el banco con Mariana.

Le late el corazón. Le tiemblan las piernas.

24

Repasa en su cabeza cada instante del encuentro.

Lánguida, Mariana reposa a su lado.

Está feliz. Eufórico. Cierra los ojos para saborear mejor el momento. Evoca a Valentina. Su mirada diáfana, la resonancia de la música en su pequeño cuerpo, su sonrisa. Mientras la recuerda sonríe. Asoman, radiantes, sus dientes blancos.

Imagina sus pechos generosos y su piel aterciopelada asomando a través del vestido. Kilómetros y kilómetros de piel en los cuales perderse como un náufrago en arenas esponjosas, con desesperación y alivio. Se le hace agua la boca.

Jamás en la vida pensó que daría en la tecla tan rápida y efectivamente. Se deleita en sus recuerdos, dispuesto a vivir por siempre en ellos cuando de pronto un movimiento extraño a su lado lo trae violentamente de vuelta a la realidad. Abre los ojos y sobresaltado comprueba que Mariana está mirándolo. Con estupor escucha su voz por primera vez:

—Nico, mi amor. Volviste. Te ves tan joven mi amor... —Ella le habla como si estuviera retomando una conversación de hace un rato—. Guardé tus flores en agua con aspirina sabés, para que duren más. Pero igualmente terminaron muriéndose las pobres...

Francisco mira detrás de su hombro buscando a Nicolás allí, tal vez había regresado y estaba parado detrás suyo. Pero no, no estaba. El comentario estaba destinado a él. Los ojos vivaces y despiertos de Mariana estaba posados sobre él, no cabía duda alguna.

—Antes de que murieran guardé una en mi libro de Alfonsina para conservar sus pétalos. Bernardo no la descubrió, por suerte. Si no la hubiera tirado, seguro. Es un enfermo de celos. Te conté eso, ¿no? —Panchito supone que la pregunta es el pie perfecto para aclarar la confusión, pero ella prosigue sin la menor intención de esperar una respuesta—. A pesar de que tengo el libro de poemas sobre mi mesita de luz, nunca la encontró. La miro todas las mañanas. Es impresionante cómo se conserva. Como vos mi amor... ¡Estás intacto! Siempre tan bonito. Y sabio, y bueno... —Acerca una mano a su mejilla —. Gracias por tus flores Nico, y por tus palabras. Fue la declaración de amor más maravillosa que jamás escuché en mi vida. Mejor que en cualquier libro o película. Es verdad eso que dicen que la realidad siempre supera la ficción, ¿no? Sin lugar a dudas. —Francisco vuelve a intentar decirle algo pero ella lo interrumpe, de modo que suspira impotente y decide callar—. Es verdad. No te voy a negar que al principio me sorprendió y perturbó un poco todo lo que dijiste, para qué te lo voy a negar. Yo no estaba preparada para escuchar la verdad así, tan de sopetón, sin anestesia. Además eras tan joven, y eras mi paciente... —Se acomoda sobre el banco acercándose a él—. Pero ahora estoy lista sabés. Ahora estoy lista y dispuesta a todo. Voy a dejarlo a Bernardo para estar con vos. Ya no le tengo miedo. Perdoname si te lastimé abandonándote en ese lugar espantoso y yéndome así, tan de golpe. Yo confiaba en que el arte iba a salvarte, y así fue. Sos un pintor maravilloso Nico, un artista nato. Y con el tiempo vas a serlo aún más —Interrumpe la frase conteniendo el aliento. Se aproxima para tocarle la cara. Amaga con hacerlo, pero no lo hace. De pronto se muestra confundida.

Francisco aprovecha esta digresión para esta vez sí lograr aclarar la situación.

—Mariana, yo soy Francisco. Nicolás se fue al centro hace un par de horas a hacer unas compras, pero en un rato va a estar de vuelta.

—¿Qué decís amor? Me confundís, no te entiendo... Además, ¿por qué te ves tan joven? No entiendo. ¿Cómo puede ser? Es como si no te hubieran pasado los años, pero pasaron... Acabo de recordarlo, claro que pasaron. Varios años che. No deberías verte tan joven Nico. ¿Por qué estás así? —Francisco no atina a responder. Mariana cierra los ojos unos instantes y luego vuelve a abrirlos—. Ya sé. Estoy viendo tu esencia. Es eso, ¿no? Estoy en uno de esos sueños adonde se me revelan las verdades y estoy hablando con tu alma. Por eso te veo como el día en que te declaraste. ¿Es eso Nico? No me confundas más mi amor, por favor.

Francisco duda. No sabe qué hacer. Mira en dirección a la casa y como asume que nadie vendrá a rescatarlo vuelve su mirada hacia ella para responder decidido:

—Sí Mariana. Soy yo. —Suspira—. Quédese tranquila que está todo bien. Todo va a estar bien, ya va a ver. Lo importante es que se haya despertado. Quédese tranquila.

—¿Pero por qué me tratás de usted? ¿Te volviste loco? ¡Mirá que sos pavote, eh! —Lo toma de las manos—. Yo estoy muy tranquila mi amor. Lo que pasa es que tengo tantas cosas que decirte, y tan poco tiempo para hacerlo. Lo he entendido todo, sabés. Y no sé por dónde empezar...

TERCERA PARTE

Las otras vidas de Mariana

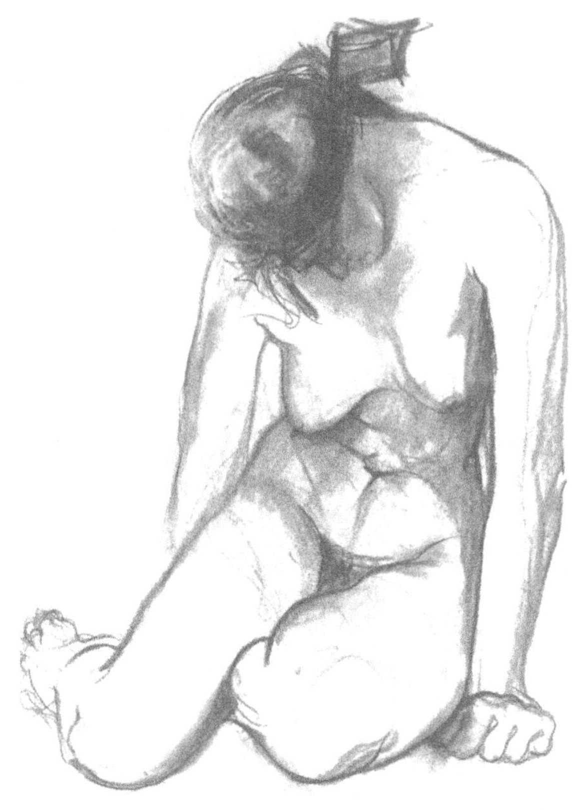

1

Esta vida transcurre en el siglo XIX d. C., en Gales.
Francisco es Charles, el maestro.
Mariana es John, su discípulo.

Todas las mañanas John acompaña a Charles hasta su banco en el jardín. Caminan despacio porque el anciano está muy enfermo. Lo ayuda a sentarse bajo la sombra de un viejo roble y se sienta a su lado. El ritual se repite hace meses.

Charles jadea con esfuerzo. Atento a cualquier indicio de necesidad que pudiera tener, John reacciona solícito. Casi no le quedan fuerzas para respirar, mucho menos aún para pedir ayuda. Encogido por la enfermedad su cuerpo se ha ido debilitando con el correr de los meses. Y a pesar de los enormes esfuerzos que hace por mantener los ojos abiertos, estos se le cierran. Su respiración parece un frágil hilo a punto de deshilacharse.
No soporta un día más. El amor por las flores y su misión en la vida ya no alcanzan para anclarlo en este mundo. Sólo desea morir.

Criado por campesinos, John creció desde siempre en estrecho contacto con la naturaleza, y su amor por ella le fue transmitido desde el momento de su concepción. Tal vez por eso sabía conectar con la tierra como sólo la gente simple sabía hacerlo. Sabiduría innata, regalo de sus ancestros celtas.

De estatura media su cara armoniosa calza a la perfección con sus inmensos ojos azules. Usa el cabello rubio siempre engominado y peinado hacia atrás, y esto resalta la profundidad de su mirada. Es un hombre apuesto y cálido, aunque reservado. Casi no habla.

Desde pequeño a su amor por la naturaleza se le sumó la abrumadora curiosidad por comprenderlo todo. Su interés se centró siempre en observar lo que lo rodeara: el comportamiento de los animales en el campo, el movimiento de las estrellas en el cielo o las transformaciones de las plantas a lo largo del año. Ni bien creció comenzó a registrar estas impresiones en un pequeño cuadernillo a través de dibujos y cuadros. Detallaba repeticiones, buscaba ciclos en esas repeticiones y las aparentes relaciones entre los mismos.

A corta edad empezó a intuir que había un orden detrás de todo. Un orden lógico, matemático. Y su vida transcurrió intentando develar ese orden. En la adolescencia este afán compulsivo por comprenderlo todo se agudizó tanto que sus padres terminaron por convencerse de que el joven era distinto. Que lo que a ellos los había hecho felices durante generaciones, no iba a hacerlo feliz a él. Semejante hambre de conocimiento sólo podía satisfacerse lejos de casa, en la ciudad. Así que luego de discutirlo durante meses decidieron vender el buey de la familia para financiar el viaje y cuando estuvo todo resuelto partió rumbo a Londres.

Un conocido de la familia lo alojó en su casa a cambio de trabajos de mantenimiento. Al comienzo lo apadrinó porque su familia era gente honesta y trabajadora, pero luego se comprometió a hacerlo porque John demostró ser un alumno brillante. En poco tiempo sus aptitudes quedaron a la vista. La Academia de Medicina le otorgó una beca y se recibió de médico en tiempo récord. Unos pocos años después decidió volver a su pueblo a trabajar allí como médico rural. La vida en la ciudad lo había abrumado, y la rigidez de los círculos académicos lo hizo desistir de la idea de quedarse a vivir en Londres. En poco tiempo se dio cuenta de que el contacto con la tierra y su gente valía más que los conocimientos que pudiera adquirir de los eruditos.

El destino fijó el primer encuentro entre estos dos hombres hace más de veinte años. Charles había viajado hasta un pequeño pueblo perdido frente al mar de Irlanda para dictar una conferencia sobre las esencias florales y sus propiedades curativas. Una de las tantas que lo llevaron a recorrer el mundo difundiendo sus descubrimientos. John era un joven médico perdido entre la concurrencia. Después de años de leer sus escritos había arribado al pueblo su maestro, y no iba a perderse la oportunidad de conocerlo por nada de este mundo. Eligió la tercera fila sólo por pudor.

Maestro y discípulo, listos para el encuentro.

La valentía de Charles para difundir sus hallazgos sobre las esencias florales con los riesgos profesionales que esto implicaba siempre le había generado una profunda admiración y respeto. Hacía años que este hombre dedicaba su vida a divulgar sus hallazgos no sólo entre la comunidad científica sino entre el público en general. Y una vez más allí estaba, imperturbable ante el escepticismo. Relatando detalladamente la forma en que las esencias florales actuaban sobre el organismo brindando la posibilidad de sanar los estados emocionales que generan las enfermedades. Facilitando el reencuentro entre los deseos del alma y los de la voluntad, tantas veces cruzados. Establecía analogías entre la apariencia de las flores y el estado anímico que tenían la capacidad de curar. Hablaba con vehemencia y gesticulaba con pasión. Desplegaba pergaminos adonde figuraban cuadros que entrelazaban la información.

La mayoría de las personas en el auditorio lo escuchaba con suspicacia, salvo por un joven de la tercera fila que asentía con la cabeza sonriéndole. Captó su atención de inmediato. Un interlocutor lúcido y despierto, justo lo que necesitaba. Con uno alcanza, se dijo. Y decidió dirigirse a él.

Cuando la conferencia terminó los participantes aplaudieron sin demasiado entusiasmo y vaciaron rápidamente la sala. Sólo quedó el joven de la tercera fila. El joven y él, petrificados sobre sus sillas.

Se observaron.

John sostenía unos apuntes contra su pecho. Luego de un silencio incómodo se levantó.

—Es un honor para mí haber participado de esta conferencia doctor. La humanidad no está lista aún para comprender la magnitud de sus descubrimientos, pero ya lo estará. En algún momento lo estará. Estoy convencido de que usted está sentando las bases de la medicina del futuro. —Avanzó hacia él con los apuntes bajo el brazo y una mano extendida—. Es muy importante su labor doctor Treelawny. Sigo sus investigaciones desde hace años, y no veía la hora de conocerlo.

Charles tomó su mano en un gesto amistoso y paternal. Sonrió.

—¿Con quién tengo el gusto de hablar?

—Mi nombre es John. Doctor John Dawney, a su disposición. Ejerzo como médico hace años, pero lo que realmente me apasiona son sus investigaciones. ¿Estaría interesado en sumar un ayudante a su equipo? Llevo toda mi vida intentando entender las conexiones entre la naturaleza y la ciencia. Sus escritos me han resultado tremendamente reveladores, los he releído una y mil veces. Esperaba la oportunidad de conocerlo personalmente para poder transmitirle mi admiración y mi respeto. Cuando viví en Londres hace unos años no tuve la oportunidad de asistir a sus conferencias. El destino nos cruzó.

Charles estaba desconcertado. Jamás en su vida había generado semejante resonancia en un colega.

—Gracias doctor Dawney. Es refrescante y alentador saber que un médico joven y despierto como usted se interesa con tal vehemencia por mis investigaciones. Un bálsamo en el desierto del escepticismo.

—Como ya he dicho doctor Treelawny, la gente aún no está lista para establecer las conexiones que usted está haciendo. A menudo se subestima lo que está justo delante de nuestras narices. La cercanía lo invisibiliza. Pero con el correr del tiempo sus esfuerzos no serán en vano. Estoy convencido.

—Se lo agradezco doctor. Comparto sus impresiones y acepto con entusiasmo su colaboración. Pero debo advertirle, el camino no

es fácil. Involucrarse conmigo podría traerle serias consecuencias a su reputación. ¿Está dispuesto a correr ese riesgo? ¿A transformarse en un paria? ¿Toma conciencia del dolor que conlleva?

—Hace años ya que soy un paria doctor, siempre lo he sido. No conozco otra manera de vivir.

Veinte años después los dos hombres descansan bajo la sombra del mismo árbol.

Uno convocando la muerte, dispuesto.

El otro reposando a su lado perdido en sus sueños.

Cuando John despierta de una breve siesta encuentra a Charles recostado contra el apoyabrazos del banco con la boca abierta, los ojos cerrados, el brazo izquierdo colgando como intentando asirse a algo y un semblante de paz en el rostro conmovedor y desconocido.

Luego de ahuyentar la sorpresa toma a su maestro entre sus brazos y lo lleva hasta su cuarto. Lo deposita sobre la cama y lo desnuda lavando cada centímetro de su cuerpo con un paño humedecido en aceites esenciales.

Luego prende velas. Cierra las puertas. Enciende inciensos.

Los aromas son exquisitos.

Al concluir se sienta a los pies de la cama para meditar frente al cadáver. La columna erguida, los pies arraigados en la tierra y los brazos descansando sobre sus muslos.

Se suceden las horas en silencio.

Cuando finalmente el sol se eleve tras el horizonte estará listo para darle la noticia al mundo.

2

Canadá. 2136 d. C.
Mariana es Audrey.
Nicolás es Philippe.
Fragmentos de un posible porvenir.

Estoy recostada sobre una cama extraordinariamente cómoda, como flotando. El edredón que me cubre es liviano e inmenso, llega hasta el piso. Su contacto con mi piel desnuda es una delicia. Afuera nieva. Puedo ver a través de mi ventana los copos de nieve pintando de blanco las copas de los edificios y de los árboles.

La habitación donde me encuentro es muy pequeña. Frente a mi cama hay una enorme pantalla que parece líquida y es parte de la pared, en ella se recrea una chimenea de piedra con leños ardiendo dentro. El cuarto está impregnado de olor a madera, e incluso se puede escuchar el sonido de los leños chisporroteando. Además de reflejar tridimensionalmente las imágenes la pantalla emite sonidos y emana olores.

Me siento dichosa, plena, llena de confianza.

Abandono la escena y ahora estoy en una reunión social. Tengo treinta y seis años. Llevo puesto un vestido plateado hecho de un material ultra fino y semitransparente y un collar de piedras verdes semipreciosas que hace juego con mi pulsera. Los tacones de mis zapatos son altos. Desde el grupo de amigas en el que estoy observo a un hombre parado a unos metros de distancia. Le sonrío, coqueteo con él. Él detiene la charla que estaba teniendo con un amigo para mirarme y sonreír. Luego de pensarlo unos segundos se acerca. A medida que avanza siento que se detiene el tiempo, lo veo aproximarse a mí como en cámara lenta. Percibo un ligero temblor en mis piernas, como si fuera a perder el equilibrio.

—¿Tú eres Audrey, la hermana de Michelle?

—Sí. La misma. ¿Y tú eres…?

—Philippe.

—Sí, claro. Me pareció reconocerte por los videos… ¡Philippe! Michelle me ha hablado muchísimo de tí, es interesantísimo lo que están haciendo con la fauna marina... ¡Por fin nos conocemos!

Tengo la certeza de que lo conozco desde siempre.

El entusiasmo, la felicidad y el miedo embargan mi cuerpo. Es una combinación confusa y difícil de asimilar, pero me entrego a ella y la disfruto.

Ahora vuelvo a la habitación de la chimenea y estoy haciendo el amor con Philippe. Es de noche, lo único que nos ilumina es el fuego virtual.

Su cuerpo es cálido y viril al mismo tiempo. Sus manos encuentran el camino hacia mí con facilidad, como si fueran una prolongación de mi propio cuerpo. Me fundo en sus manos, me diluyo, me disuelvo. Nos volvemos uno. Observo su pecho, lo lamo, lo beso. Siento que lato adentro suyo. Aferrada a su cabello empujo con delicadeza su cabeza hacia atrás para mirarlo a los ojos. Me sonríe. Hundo mis dedos en su cuero cabelludo y lo despeino. Él se deja despeinar.

Me siento una hembra en celo con unas irrefrenables ganas de morderlo. Mi boca busca su cuello. Lo beso, lo lamo, lo mordisqueo. Lo rodeo con mis piernas buscando ser penetrada o penetrándolo. Ya no lo sé, porque he perdido la noción de quién es quién. Siento que voy a estallar de placer. Lloro de éxtasis y de felicidad.

Philippe y yo estamos sentados ante una mesa frente a frente. El lugar es pequeño, una cocina. La pared del fondo es transparente y deja ingresar el paisaje exterior como si no hubiera nada interponiéndose entre el adentro y el afuera, sin embargo el frío no traspasa el muro. Está hecho de un material desconocido y transparente, muy extraño.

Él apoya los codos sobre la mesa con las mandíbulas sostenidas por sus palmas abiertas. Parece preocupado. Nuestro hijo duerme en la habitación de al lado. Ahora se frota los ojos con ansiedad. Lo calmo. Le digo que no debe preocuparse por nada, que voy a estar bien. Estoy lista para enfrentar lo que sea y no tengo miedo. Es una intervención más, como cualquiera, parecida a la operación de vesícula. Ya va a ser la hora, en cualquier momento vienen a buscarme. Son puntuales. La ley no permite tener más de un hijo, y no hubo manera de justificar este embarazo. Las autoridades intervienen ni bien se gesta en el útero. Los chips colocados en los recién nacidos monitorean absolutamente todos los procesos fisiológicos de los miembros de la comunidad desde el nacimiento, y ante la detección precoz de un segundo embarazo la notificación llega de inmediato al ente regulador de natalidad. El procedimiento se realiza en un centro público destinado a tales menesteres. Allí hacen el raspaje y la posterior extracción del útero. Además, la cuantiosa multa nos deja casi en la ruina. Philippe está devastado, furioso. Yo lo calmo. Le digo que nuestro hijo descansa en la habitación de al lado y le pido que lo cuide y le transmita confianza. Tiene sólo cuatro años y no sabe lo que está pasando. No quiero que se entere.

Estamos de vacaciones en una playa frente al mar. Hemos envejecido, debemos tener unos setenta y cinco años. Miro a mi alrededor y deduzco que el promedio de vida actual asciende aproximadamente a los ciento diez, ciento veinte años. Estamos dentro de un pequeño habitáculo transparente con forma de burbuja que nos protege del sol. Para ingresar al mar hay que ponerse unos trajes especiales. Son finitos, como de nylon liviano. Se adhieren al cuerpo con facilidad.

Miro sus manos manchadas por el tiempo. Subo la mirada hacia sus brazos. Me sorprende la intensidad con la que aún me atrae. Han pasado los años, pero lo deseo como el primer día.

Estamos en su funeral. Bajan la pequeña urna. Mi hijo y mi cuñada, una nieta y un bisnieto me acompañan. Mi hijo me toma de la mano. Un amigo de Phillippe recuerda anécdotas. Todos sonríen y lloran al mismo tiempo. Yo también. Estoy agradecida y confundida. No puedo creer lo que está pasando, que realmente haya muerto, que todos vayamos a morir.

Llega mi hora. Resulta un momento plácido y agradable. Camino con dificultad hasta la cama reflexionando sobre la imagen que acaba de devolverme el espejo del baño, y lo extraña que me ha resultado. Parezco un pergamino. Me cuesta reconocerme en esa imagen.

Lo último que veo antes de cerrar los ojos es la foto de Philippe frente a mí en la pantalla frente a la cama.

Me deslizo sin dificultad hacia la otra orilla.

Él está allí, esperándome.

3

Italia. Un mediodía de invierno.
Mariana es Isabella.
Bernardo Enrico.

El camino de montaña es sinuoso y empinado. Las piedras desperdigadas por el barro permiten agarrarse mejor al suelo para no resbalar. Isabella ha hecho el mismo recorrido cientos de veces en los últimos seis años. El mismo trecho, los mismos árboles, las mismas curvas interminables.

Y el mar. La inmensidad azul se mire hacia donde se mire.

El sol del mediodía la abraza. Esto le resulta un alivio ya que hace mucho frío. Lo disfruta unos instantes con los ojos cerrados rogando porque no lo tapen las nubes, pero justo desaparece tras ellas. Retoma la marcha.

Después de pensarlo y repensarlo, de andar y desandar sus pasos finalmente escribió la nota: "Me voy. No puedo darte lo que tú necesitas". Luego tomó sus posesiones más preciadas y las puso dentro de un bolso. Enfundándose dentro de sus botas de montaña, una falda de lana que le había regalado su madre y un saco verde abrigado amarró el bolso a su cuello y partió.

Ahora camina a través de la montaña sintiendo el peso de la libertad sobre sus hombros, preguntándose qué será de él sin ella, cómo sobrevivirá a su ausencia. El hombre es bueno, no merece ser herido. Pero no puede quedarse un día más aquí.

Odia esta montaña. Detesta la humedad del mar y el viento inclemente azotando su ventana, todos los días. Las largas noches de ausencia y el olor a pescado impregnándose en su piel cada vez que él regresa. Sus manos grasosas siempre dispuestas.

La posibilidad de que el mar lo devore tampoco le alcanza como consuelo. A veces se ausenta más de lo esperado y ella teje esa esperanza, pero luego la desteje atormentada por la culpa.

Por otro lado él siempre regresa.

No nació para esto. Envejecer aquí, escondida en el fin del mundo. Ajándose día a día sin la posibilidad de desplegar su juventud ni su belleza. Isabella es una mujer indudablemente bella, que nació para disfrutar de los placeres de la gran ciudad. Sus carros, sus fiestas, sus sedas. Para pasear enfundada en trajes vistosos y rodeada de aromas exquisitos. No este olor a pescado rancio embebido en su piel cada vez que él la toca. No este camino sucio y embarrado que debe recorrer a pie si quiere vislumbrar algo de civilización.

Ella nació para la libertad y merece otra oportunidad. Sus padres nunca debieron haber consentido este matrimonio ridículo. Era culpa de ellos. La criaron para ser una princesa, y luego la dejaron ir de la mano de un extraño y de un amor que se extinguió con la facilidad de una llama. Aún no comprende cómo pudieron dar su consentimiento. Su padre siempre había sido débil y vulnerable a sus caprichos. Por eso ahora estaba dispuesto a recibirla de vuelta. La misiva con su respuesta había llegado meses atrás, y desde entonces no hacía otra cosa que planear la huida. Dios le había otorgado la bendición de no concebir sus hijos, y aún estaba a tiempo de encontrar otro partido. Conseguir la anulación matrimonial. Vivir la vida que en realidad siempre había merecido, lejos de este infierno. Cuando volviera lo primero que iba a hacer era quemar esta ropa. Desprenderse de cualquier vestigio de esta vida. Entregarla al fuego.

Camina abstraída en sus pensamientos cuando de pronto divisa el carro a lo lejos. Cruzarse con él no estaba en sus planes, supuestamente iba a regresar en dos días. Sin embargo allí estaba, avanzando por el camino. La imagen era nítida. "Tal vez no sea su carro después de todo". Se consuela, enfocando la vista. Pero no, era él, sin lugar a dudas. Eran sus dos caballos y el carro verde, y él quien lo conducía. Con ese aire a liviandad que tanto la atrajo en un principio y ahora la irritaba sin remedio. Con esa estúpida sonrisa estampada en el rostro. Siente la necesidad de borrarle esa sonrisa de la cara, como sea. Lo que antes le producía admiración ahora le producía desprecio.

—Mi amor, ¿qué haces aquí? ¿Hacia dónde te diriges? —Enrico frena los caballos y se baja del carro apresurándose a un abrazo, sorprendido y feliz de encontrarla.

Isabella duda. Busca palabras para justificarse pero estas se le escabullen de la boca. La convicción con que él la amaba siempre la hacía titubear.

—Estaba yendo al pueblo por provisiones… —Intenta ganar tiempo hasta encontrar una idea, pero él se le adelanta.

—No es necesario mi amor, traigo todo lo que necesitamos. Tenemos provisiones para más de una semana. —La besa en la frente mientras le acaricia una mejilla. Ella aparta su rostro bruscamente hacia un costado.

Él reacciona sorprendido.

—¿Estás bien? ¿Pasó algo de lo cual no estoy advertido? ¿Por qué llevas el bolso tan cargado…? —Sus palabras se vuelven metálicas. Evalúa rápidamente la situación. Luego la toma amablemente de las manos para conducirla hacia el carro.

—Ven mi amor, siéntate. Estás cansada. No es hora de tomar decisiones. Hace frío y es temprano. Volvamos a casa. Traje aromas nuevos para el hornillo que te harán sentir mejor. Luego descansas y hablamos tranquilos. Entonces sí, me lo cuentas todo.

Se deja conducir como en trance. Él siempre tuvo este poder sobre ella, la capacidad de confundirla e impedirle pensar con claridad. Así logró arrastrarla hasta el fin del mundo, hipnotizándola con su voz suave y cadenciosa, imponiéndose con la fuerza arrolladora de su bondad.

Por eso necesitaba aprovechar su ausencia para huir. Sabía que si lo confrontaba sus argumentos se diluirían. Por eso sólo podía dejarle una nota, corta e irrefutable. Contundente. Inapelable. "Me voy. No puedo darte lo que tú necesitas".

Resignada se deja conducir hasta el carro. Se acomoda sobre el asiento y las convicciones que hasta hace minutos sostenía con certeza se desploman a su lado más inútiles que su bolso y el cansancio.

Avanzan por el camino de montaña.

A su derecha el acantilado, impaciente, decidido. Y a su izquierda la pared de piedra maciza.

Viajan callados.

Ella mira el mar, abatida. Como un soldado que ha perdido una batalla largamente anhelada y regresa al hogar sin esperanzas. Con la firme convicción de haber perdido su última posibilidad de ser libre.

Él intuye su dolor. Cada movimiento suyo resulta siempre un error imperdonable, un intento inútil. Siempre. No logra comprenderla. No hay nada que desee más en esta vida que hacerla feliz, y sin embargo es imposible.

Sorpresivamente ella estalla en un alarido "¡Basta, basta basta!". Y en un impulso ciego y furioso le arrebata las riendas de las manos. Enrico la observa sin atinar a reaccionar.

—Tranquila Isabella… ¿Qué sucede mujer? —Pero es ella quien conduce el carro ahora. Extraviada, intenta cambiar el rumbo de su destino, pero al hacerlo pierde el control de los caballos que no comprenden la consigna. Intenta girar en un lugar demasiado estrecho y muerden el filo del camino.

Él busca asirse a las riendas para recuperar el control de la situación, pero ya es tarde. Primero cae el tobiano, luego la yegua arrastrando tras de sí las ruedas del carro. El precipicio es alto.

Debajo los esperan aguas turbulentas.

Y en el medio un interminable tramo de rocas, arbustos, desolación y silencio.

Ella piensa: "Si tiene que ser, que sea rápido". Y se tira del carro hacia el vacío. Él intenta asirla pero se le escapa de las manos escabulléndose una vez más.

La última.

4

Primera escena de esta vida.
Sur de Francia.
Comienzos de la Edad Media.

La primera imagen transcurre en un parque soleado,
hay banderines de color flameando en lo alto de un
castillo y una banda de músicos interpretando canciones festivas.
Mariana es Clementine.
Nicolás es Édouard.
Muriel Géraldine.

—*Mis deseos de felicidad para ti, Gérald querida. Que seas feliz
junto a Édouard, y Dios les conceda la bendición de muchos hijos.*

*Clementine la abraza y se larga a llorar. Su llanto moja el ves-
tido de novia de su hermana, envenenándolo.*

*Secretamente, se dice: "Que mi dolor se transforme en tu dolor
Géraldine. Que Dios te castigue por haberme robado lo que era
mío. Ruego porque no puedas concebir un hijo en tu vida, que tu
vientre se seque hasta transformarse en tierra yerma adonde no
pueda crecer nada. Si Dios es justo, así será". Y sella la maldición
con su llanto.*

*Luego la suelta y enjuga sus lágrimas. No quiere que nadie vea
el odio que esconden, especialmente Édouard. Todos creen que ella*

llora de emoción, pero él no, él sabe mejor que nadie el verdadero significado de su llanto. Se esfuerza por decir lo que todos esperan escuchar, y lo hace. Pero internamente la atormentan el dolor y el resentimiento. Es ella quien debería llevar puesto este vestido, no su hermana. Es ella quien calentó el lecho de este hombre durante más de diez años. A hurtadillas, sí, pero con la firme convicción de que algún día sería suyo. Aceptó esconderse y ser su amante durante tanto tiempo sólo porque tenía la certeza de que cuando fuera libre la elegiría.

Pero no. La agonía de su esposa fue una excusa. Una vil excusa. Una vez que murió y se vio liberado de aquel compromiso no cumplió con ninguna de sus promesas. No sólo eso, para peor de males comenzó a cortejar a su hermana. ¡A su propia hermana! Su pequeñita.

Ahora los odia con todas sus fuerzas. Lo odia a él y la odia a ella. Pero aun así los ama. Y vuelve a odiarlos. Un círculo vicioso que crece exponencialmente hasta el infinito.

Géraldine nació una clara mañana de invierno. El mismo día que ella pero doce años después.

Luego de horas de parto y minutos después de que la niña asomara a este mundo la madre murió desangrada. Sus cinco hijos quedaron a cargo de un padre devastado por el dolor y una abuela bien intencionada pero inútil. La muerte de su hija la había dejado desolada y nunca logró recuperarse del golpe. Por este motivo la mayor de los hermanos, Clementine, se vio obligada a cuidar de los más pequeños.

Al comienzo culpó a la recién nacida por la muerte de su madre y la odió por ello. Que sobreviviera como pudiera, se dijo. Y se dedicó a cuidar al resto. Pero con el tiempo se fue encariñando con la niña. La pequeña era sencillamente encantadora, su mirada irradiaba luz y alegría y desde sus primeros pasos la siguió a todos lados extendiéndole sus bracitos. Alegre y confiada, ignoraba los desaires de su hermana.

Clementine escuchaba con fastidio cómo la pequeña tozudamente la buscaba llamándola mamá. Y ella aclaraba, irritada: "Yo no soy tu madre Géraldine, soy tu hermana. Nuestra madre ha muerto". Pero Géraldine se empeñaba en nombrarla así, por lo cual terminó dándose por vencida y respondiendo al apelativo.

Recién cuando cumplió los doce años comenzó a llamarla Tinne.

—Gracias Tinne querida. Tú sabes lo que significas para mí. A donde me lleve el destino con Édouard tú estarás conmigo, siempre. Eres mi familia. Mi hermana, mi madre, mi mentora, todo. Mis hijos serán tus hijos, los compartiremos. Mi hogar será tu hogar. Nunca te abandonaré hermana querida, y nada ni nadie podrán interponerse entre nosotras.

Clementine se pierde en la calidez de su mirada. Se sumerge en ella y al hacerlo se va adentrando en un mar de culpas y remordimientos. Comprende entonces que esa mirada la perseguirá por siempre, a través de los siglos. Que los ojos tiernos e ingenuos de su hermana el día de su boda serán el recuerdo que quedará grabado a fuego en su memoria, empujándola una y otra vez hacia el abismo. A su pesar.

"Que Dios nos perdone", se dice, y mira de reojo a Édouard quien baja la mirada.

Segunda escena.
Tres años después.

Édouard y Clementine yacen sobre una cama en una habitación en penumbras.

—Nadie podrá amarte como yo Édouard, nunca.

—Calla Clementine, por Dios… No hables más. Por favor, no digas más nada...

Clementine sonríe exultante y se desliza debajo de las sábanas buscando su miembro. Rendido ante el placer él cierra los ojos entregándose al éxtasis, hundiendo la cabeza en los almohadones de *plumas. Sus brazos se aferran al frío metal de la cabecera de la cama.*

Los cuerpos desnudos iluminados por el fuego ardiendo en la chimenea cobran un aspecto onírico. Trozos de piel, brazos, piernas enlazadas. El pelo salvaje de ella y los rostros de ambos transformándose en dos fieras, cabalgando un pulso bestial.

La habitación de Clementine está ubicada en el ala norte del castillo, lejos de la circulación general. Cuando se mudaron hace unos años y le dieron a elegir su habitación ella eligió esta adrede, lo más alejada posible de su hermana. Quería disfrutar de los encuentros clandestinos con Édouard sin correr riesgos.

Géraldine intentó disuadirla:

—Pero Tinne querida, vas a sentirte muy sola tan lejos de todos. No es justo que te autorrecluyas así. Hay muchísimas habitaciones más cerca y más bonitas… No tiene sentido que elijas esta.

—Esta es perfecta Gérald. No te preocupes, aquí estaré cómoda. No quiero molestar.

—Pero qué dices hermana, si tú no molestas. Lo sabes. Todo lo contrario.

Géraldine protesta. Clementine calla.

Édouard lucha contra sí mismo.

Luego de cada encuentro furtivo con su cuñada cae en períodos de contrición interminables. El remordimiento lo corroe por dentro. Se autoimpone todo tipo de restricciones para asegurarse no volver a caer en la tentación. Lecturas religiosas, cabalgatas furibundas, viajes a lugares remotos y peligrosos, lo que sea para evitarla. Atormentado por la culpa se ausenta por semanas y cuando vuelve la esquiva en los pasillos hablándole sólo lo indispensable.

Así logra liberarse del poderoso imán hacia ella y de la imperiosa necesidad de poseerla. De su olor a hembra en celo y sus perturbadoras curvas. Respira con alivio.

En estos períodos Clementine sufre. Sufre y lo espera. Lo aguarda con paciencia diciéndose que ya regresará, pero el proceso de esperarlo se vuelve una agonía. El mundo se detiene en esa pausa, los colores desaparecen y todo a su alrededor pierde sentido. Como si la sumergieran dentro de un vacío insoportable en el cual se asfixia y de donde es imposible escapar.

Géraldine se alarma ante la pérdida de peso y el tono grisáceo en la piel de su hermana. Le ofrece manjares preparados por sus manos, la invita a pasear por el parque, a bordar juntas. Incluso se esmera tocándole el piano, todas las mañanas. Pero nada, nada alcanza para revivirla.

Hasta que la noche menos pensada él regresa, y ella recupera la calma. El mundo recobra los colores, y vuelve a brillar.

Entonces lo ama con la certeza de ser su dueña.

TERCERA ESCENA.

DOS AÑOS DESPUÉS.

CLEMENTINE Y ÉDOUARD, EN LA MISMA HABITACIÓN.

La trama del desencuentro se despliega.

Jadean desnudos. Enredando un mechón de pelo en su dedo índice Clementine sonríe satisfecha fijando su mirada en el cielo raso. Édouard intenta recuperar el aliento tapándose el rostro con las manos. Sacude la cabeza de un lado a otro.

—*Clementine, esto tiene que terminar.*

—*¿Pero qué dices Ed? Si nuestro amor ha ido floreciendo con el tiempo y cada vez es más maravilloso. Nuestros cuerpos se han ido amalgamando hasta volverse prácticamente uno... ¿No lo has notado?*

—*Justamente, ese es el punto…* —*Se gira para mirarla.*

—*Un solo cuerpo, sagrado y bello… Eso somos. ¿No comprendes? Hoy por hoy sería imposible terminarlo, moriríamos en el intento. Yo no podría respirar sin ti, ni tú sin mí. No te engañes…* —*Se ladea hacia un costado apoyando una mejilla sobre un mano mientras extiende la otra hacia él, insinuante.*

Édouard la rechaza.

—Pero va a terminar. De hecho ha terminado, hoy. Este ha sido nuestro último encuentro Clementine, y lo digo muy en serio. Está decidido. —Se sienta acomodándose con dificultad entre los almohadones—. Partes mañana. No va a faltarte nada, puedes contar con ello. Elige tú el lugar del mundo que quieras y yo me haré cargo de los gastos, tienes mi palabra. Puedes volver a comenzar una nueva vida adonde lo desees, pero lejos de aquí. Esa es mi única condición.

Clementine se desploma sobre la cama. Lo escucha con los ojos cerrados, una mano apoyada sobre la boca y la otra sobre su vientre aún húmedo. Intenta procesar lo que está pasando. No respira.

Habla en serio. Jamás habló tan en serio en su vida. Comprende que esta vez va a hacerlo, va a dejarla. Es definitivo.

—No podemos seguir así Clementine. —Édouard posa su mirada sobre la puerta—. Necesito un heredero. Gérald no comprende el motivo de mis ausencias y mientras tú estés aquí jamás podré darle un hijo. Después de estar contigo no logro una erección y prácticamente no puedo tocarla. Y cada vez se nota más. Ella no entiende qué me pasa, pero lo intuye. Está demasiado cerca de descubrirnos y no merece esto Tinne, si se enterara la destruiríamos. Géraldine es un alma noble que no concibe la posibilidad de que alguien pudiera hacerle algo así, su pureza se lo impide. Nosotros en cambio somos dos monstruos que arderemos en el infierno. Esta es la verdad. Así que ha llegado el momento de terminar, y la única manera de lograrlo es que tú te vayas. Mientras estés aquí no podré, así que debes encontrar un buen argumento para convencer a tu hermana e irte.

Clementine piensa en silencio. "El único monstruo aquí eres tú", se dice. "Mi intención jamás fue herir a mi hermana. Fuiste tú quien se interpuso entre nosotras transformándonos en enemigas. Fuiste tú quien hizo promesas que jamás cumplió y luego me obligó a arrastrarme por el fango. Y para colmo de males ahora esperas a estar satisfecho para decírmelo, no pudiste tener siquiera la decencia de hablar antes. Tenías que esperar a tenerme recostada sobre nuestro lecho, abierta, vulnerable, cargando tu semen dentro mío".

Piensa en todo lo que querría decirle, pero calla.

Piensa en matarlo. En matarse. Va descartando opciones hasta que una idea acude a su rescate con la nitidez de un rayo.

La venganza.

Será ella quien engendre a esa criatura que él tanto anhela. Un hijo, esa será su revancha. Un hijo concebido esta noche, hoy mismo. Si bien ya tiene treinta y tres años, aún es posible.

Se sienta sobre el borde de la cama mirando el fuego. Su cuerpo desnudo reluciendo en la oscuridad. El pelo revuelto ocultando sus intenciones. Se inclina con serenidad y se levanta para caminar parsimoniosamente hacia la chimenea.

Inquieto, Édouard intenta descifrar el motivo de esta inesperada calma. La voluptuosidad de su cuerpo desnudo vuelve a excitarlo, extiende ligeramente una mano hacia su espalda pero desiste del impulso.

—¿Estás bien Clem? Lo lamento, lo lamento tanto… De veras, lo último que he querido en esta vida es lastimarte, y tú lo sabes. Nuestro amor ha estado condenado al fracaso desde un comienzo. Primero por mi difunta esposa, y luego por tu hermana. Yo no planeaba enamorarme de ella, pero sucedió Tinne. Los dos supimos desde siempre que esta relación no tenía futuro, de hecho ha durado demasiado. Mucho más de lo aceptable.

Clementine ya no lo escucha. Su atención está enfocada únicamente en una idea. Una sola idea, clara, definida. Su hijo.

"Dios mío, te lo ruego, te lo suplico. Dame un hijo. Que sea yo quien engendre a esa criatura, no Géraldine. Concédeme al menos ese desagravio. Yo he sido la verdadera hembra de este hombre durante toda mi vida, y no sería justo que ahora ella sea la madre de su hijo. Ese hijo debe ser mío". Se acerca hacia la chimenea llevándose las manos al vientre, sintiendo el calor en su piel.

Cierra los ojos y visualiza a la criatura creciendo en sus entrañas. Lo imagina ya nacido. Pequeñito, rozagante, prendido al pecho y mirándola con unos inmensos ojos azules. El olor a leche brotando de sus pezones.

Calibra el peso exacto de su cuerpito apoyado sobre su abdomen y sostiene sus pequeños dedos buscando asirla. Lo construye en cada detalle, amando cada centímetro de él.

Después de gestarlo y de parirlo lo nombra: "Alexis. Nuestro hijo se llamará Alexis". Lo dice en voz muy baja, casi en un susurro.

Luego pega la vuelta e ignorando a Édouard busca su ropa desperdigada a lo largo de la habitación. Se viste. Al terminar recoge su pelo en una larga trenza y se dirige hacia la puerta para abrirla.

Inclinando la cabeza lo invita a retirarse.

Liberados de su prisión los espermatozoides comienzan su frenética carrera hacia la meta.

CUARTA ESCENA.
SE AVECINA EL PARTO.
PENÉLOPE ES GABRIELLE, LA PARTERA.
ALEXIS ES FRANCISCO.

—¡Fuerza mujer! ¡Fuerza! Un pequeño esfuerzo más, venga… Estoy viendo asomar la cabecita y es preciosa. ¡Por Dios! Un esfuerzo más mi querida… ¡Ya casi termina! —La comadrona intenta asir la pequeña cabeza entre sus manos cuando ve la sangre deslizarse entre las sábanas.

Una catarata roja.

Gabrielle comprende lo que está sucediendo, pero no va a desistir. Está decidida a transmitirle confianza a la madre y que el niño nazca vivo—. Vamos mi querida, un último esfuerzo. Su hijo está llegando, y creo que va a ser un varoncito. Estoy segura. Sáquelo mujer, usted puede… ¡Vamos! ¡Fuerza!

Lo ha visto demasiado. La misma escena repetida hasta el hartazgo. No soporta la idea de que otro niño muera en sus manos. Esta vez va a hacer lo imposible para impedirlo.

Clementine se inclina hacia adelante y puja con todas sus fuerzas. Su cara encendida por el esfuerzo parece a punto de explotar. Las piernas le tiemblan.

Entonces aparece Alexis. Azulado, enorme. Llorando a los gritos.

—¿Es un varón? —pregunta Clementine con ansiedad.

—Sí mi querida, es un hermoso varón. El varoncito más bonito que jamás haya visto. Ha sido usted muy valiente. La felicito.

La comadrona acomoda la criatura sobre su pecho.

Clementine intenta distinguirlo entre las lágrimas y el cansancio.

—Salude a su hijo, aquí lo tiene… Sano y a salvo, enterito. —Al entrar en contacto con el latido del corazón de su madre el pequeño se calma de inmediato.

—Alexis, hijo mío… Qué bonito eres…Tan bonito… Que Dios te bendiga mi vida, y te haga fuerte.

Alexis la observa enfocando la mirada en sus pupilas. Por un instante a Clementine le parece estar viendo a Édoard.

—Tienen que avisarle al padre. No sé si voy a poder cuidarlo Gabrielle, no tengo fuerzas… Tienen que avisarle al padre, por favor. Díganle que su hijo se llama Alexis.

—Quédese tranquila mi querida, estoy en estrecho contacto con el señor Norton. Él es quien me ha enviado a cuidarla. Alexis va a estar bien, le doy mi palabra. Yo personalmente voy a ocuparme de que así sea, se lo prometo. Ahora descanse… —La anciana la acaricia con ternura mientras pasa un paño húmedo por su frente—. Descanse en paz mujer, vaya tranquila. Su tarea en este mundo está cumplida. Su hijo va a estar bien, pierda cuidado. —Se acerca para tomarla de una mano—. No tiene demasiado tiempo así que voy a decirle esto derechito y sin vueltas: se está desangrando. Despídase de su hijo y alístese. Dios y los santitos la estarán esperando del otro lado para asistirla. Si se los pide, claro. Así que no tema, y simplemente invóquelos. —Mira a los ojos a la moribunda infundiéndole coraje. Luego apoya una mano sobre su coronilla.

Gabrielle es una partera en el sentido profundo del término. Posee el don de ayudar a otros a cruzar umbrales. En todas las direcciones. Transitar estos umbrales es para ella tan natural como respirar.

Clementine siente un escalofrío recorriéndole la espalda. La fal-

ta de rodeos y la seguridad con que le ha hablado la comadrona la hacen tomar conciencia de lo que está sucediendo. Su peor fantasía se estaba haciendo realidad, estaba pasando: moriría dando a luz. Como su madre, como la madre de su padre. Intuía que este podría ser el motivo de su abrumador cansancio, pero la mirada compasiva y las palabras de Gabrielle acababan de confirmárselo. Enfrentar la verdad le brinda una extraña sensación de paz. Toda su vida había visualizado este momento con terror, y ahora que finalmente había llegado estaba tranquila.

Sin embargo Alexis la retenía en este mundo.

Se abraza a él pensando: "Hijo mío. Eres exactamente como te soñé. No podré verte crecer, no estaré allí cuando me necesites Pero viviré por siempre adentro tuyo. En tus entrañas, en estas dos manos que dejo impresas en tu cuerpito. Siéntelas". Recorre el pequeño cuerpo con sus manos transmitiéndole a través de ellas sus temores y anhelos. La vitalidad en el cuerpo de su hijo la estremece.

Algo se contrae en su interior y se echa atrás. No. No quiere partir. Lo abraza como un náufrago aferrado a un tronco en la inmensidad. Pero el cansancio la vence. Ante lo inevitable, decide al menos dejar vestigios de su existencia en el cuerpo de su hijo, impregnándolo de su presencia. Apoya sus manos una vez más.

Alexis se deja impregnar.

La luz del pequeño corazón guiará el camino.

QUINTA ESCENA.
ALEXIS Y CLEMENTINE, DOCE AÑOS DESPUÉS.

El alma de Clementine vaga por encima de unos árboles siguiendo el cauce de un río. Busca un camino.

Aturdida, no comprende hacia dónde se dirige hasta que se topa con Alexis. Una atracción magnética la ha guiado hasta él. Aterriza lentamente a su lado. Escudriña en su mirada. Verlo le genera una mezcla de alegría con nostalgia.

Pero él no reacciona. Acaba de cumplir doce años. Sentado a orillas del río juega a tirar piedritas hacia la otra orilla, algunas no llegan a destino y él se queda mirando las ondas concéntricas que se dibujan en el agua. Su mirada es torva. Su pelo rojo cae sobre su frente escondiendo sus facciones, y los hombros encorvados parecen incrustados en su cuello.

Alexis, su hijo.

La mujer que lo crió se está muriendo y él está a un paso de dejar la infancia atrás. La idea de que su madre ya no esté en este mundo y la vida continúe le resulta sencillamente insoportable, pero sabe que no va a poder impedirlo.

Clementine lo observa. "Dios mío es tan parecido a mí. El mismo pelo, las mismas facciones". Intenta acariciarlo a través del velo que separa los dos mundos, pero como si pudiera intuir su presencia el joven se lleva las dos manos a la cabeza escondiéndola entre sus rodillas flexionadas. Llora. Un llanto ahogado.

A Clementine se le humedecen los ojos. "Alexis, hijo mío, cómo has crecido por Dios". —Acaricia su pelo—. "No pude estar aquí para ti, y tampoco podré estarlo en el futuro. No podré ver cómo te transformas en un hombre, ni conoceré a tus hijos… Pero lo que sí puedo asegurarte es que aquí estaré cuando partas. Nada podrá impedirme guiarte hacia el otro mundo. Atravesaré lo que sea para hacerlo, y nada ni nadie podrán detenerme. Lo prometo".

En este instante descubre el sentido de su viaje.

"No vine aquí para reencontrarme con mi hijo, sino para guiar a mi hermana". Hablar con él se lo ha recordado.

Entonces se despide apoyando suavemente una mano sobre su espalda y al hacerlo puede visualizar sus recuerdos como si estuviera ante una película. Las escenas de su vida junto a Géraldine. "Alexis. Hijo mío, te has transformando en un bello ser. Mi hermana ha hecho bien su trabajo. A pesar de parecerte tanto a mí, por dentro eres igual a ella. Tu corazón te guiará hijo, estás listo".

Se levanta apoyándole una mano sobre la cabeza y sonríe con dulzura. Su imagen se van desdibujando lentamente.

Alexis percibe su ausencia y levanta la mirada despejando el pelo de su frente.

Se gira sobre sí mismo para mirar hacia el castillo.

Suspira.

Sexta escena.

Clementine. Édouard. Géraldine.

El final.

Clementine ingresa en la habitación.

Nadie puede verla, sólo su hermana.

Un sirviente carga sobre una bandeja de plata una palangana con agua hervida y paños ensangrentados. Al retirarse camina a través suyo. Ella intenta hacerse a un lado, pero comprende que su impulso es innecesario y desiste.

Inclinado contra la chimenea con sus antebrazos apoyados sobre la pared de piedra Édouard cavila en sus pensamientos. Observa el fuego mientras zarandea la cabeza de un lado a otro.

—Tinne querida… ¿Qué haces aquí? —dice Géraldine al ver a su hermana parada en el umbral de su puerta.

Perplejo, Édouard levanta la mirada.

—¿Qué dices mi amor? ¿Estás bien? ¿Necesitas algo? —Se acerca solícito.

—Nuestra Tinne, querido, ha venido a vernos, después de tanto tiempo. ¿No la ves? Allí, en la puerta… —Señala la puerta. Cuando él dirige su mirada allí Clementine se detiene en seco, paralizada.

—Allí está… Tinne, hermana, estás tan bonita. Nunca te había visto tan bonita… ¿No es cierto Édouard? ¿Cierto que está bonita?

Édouard da un paso hacia atrás. Aturdido, no sabe qué pensar.

Decide seguirle la corriente ya que probablemente sean los delirios que anticipan el final.

—Es verdad mi amor, nuestra amada Tinne ha venido a vernos después de tanto tiempo… Está aquí con nosotros, finalmente. —Aferrado a su mano le miente.

—Él no puede verme Gérald, no pierdas el tiempo. Sólo lo dice para complacerte… —aconseja Clementine con una leve sonrisa—. Si no deseas que te escuche puedes comunicarte conmigo a través de tus pensamientos. Aunque no hables, yo puedo escucharte. Así como tú estás escuchando los míos…

—¿Cómo es posible que estés aquí Tinne? Yo misma puse un puñado de tierra sobre tu cajón, ahora lo recuerdo. Estoy un poco confundida y cansada, pero ahora lo recuerdo. De hecho ahora lo recuerdo todo, estuve allí… —Se comunica con su hermana sin mover los labios.

—Es verdad, pero tú lo sabes. Tú sabes por qué estoy aquí.

Silencio.

—¿Estoy muriendo?

—Sí. Y me has llamado para acompañarte Gérald. Y es un privilegio para mí que me hayas escogido, ya que sabes que a pesar de todo yo siempre te he amado. Vengo a guiarte como cuando eras pequeña, y estoy muy complacida de hacerlo. —Se acerca—. Además, he venido a suplicar tu perdón. Las dos necesitamos enfrentar la verdad y perdonarnos hermana querida. Si logramos saldar nuestras deudas antes de que tú partas las dos seremos libres. Lo sabes.

Géraldine reflexiona.

—¿Mi perdón? Si yo no tengo nada que perdonar… ¿De qué diablos hablas? Tengo bien merecido todo lo sucedido. Soy yo quien debería pedir perdón a Tinne, y agradecer. Fuiste tú quien lo entregó todo por nosotros, siempre. Hasta un hijo me entregaste. Primero nos dedicaste tu juventud relegando tus ambiciones para criarnos Luego me casé con el hombre que tú amabas condenándote a seguir viviendo como su amante cuando lo que en realidad tú deseabas era ser su esposa. Viviste atormentada por los celos y el resentimiento, escondida hasta el último día de tu vida. ¿Perdonarte? ¿Cómo podría yo perdonarte? No me debes nada, Tinne querida. —Comienza a hablar en voz alta.

—Cuando Édouard comenzó a cortejarme yo sabía perfectamente que era tu amante, pero no pude resistirme a sus encantos. Claro que lo sabía, y elegí ignorarlo para poder acceder a sus propuestas. Me traicioné a mí misma, además de traicionarte a tí. Elegí mentirme con el argumento de que tú no me lo habías confesado. Anulé todo indicio que pudiera señalarme lo contrario. Pero en el fondo de mi corazón lo sabía, claro que lo sabía.

Clementine y Édouard la escuchan absortos.

Géraldine se gira con dificultad hacia su esposo.

—Ed, adorado. Me estoy yendo. Quiero que sepas antes de irme que siempre supe lo que pasaba entre tú y mi hermana. Aquí, con ella de testigo. Cuando elegiste seguir siendo su amante sentí que moriría del dolor, pero sabía que lo tenía merecido. Fui yo quien se interpuso entre ustedes desde un principio. No soy la mujer tierna e inocente que tú crees Édouard. Necesito que lo sepas para liberarme y para liberarte a ti. Ni Clementine ha sido tan perversa, ni yo tan ingenua. —Sonríe—. Siempre supe que además de ser mi sobrino Alexis era tu hijo. Y lo quise aún más por ello.

Clementine mira a Édouard.

Édouard a Géraldine.

Géraldine mira a su hermana.

El triángulo se vuelve un círculo.

5

En un lejano futuro, un mundo sin fronteras.
Muriel es Marcus.
Mariana es Alice.

—Prometo no lastimarte mi amor, sólo quiero cuidarte. Hace años que te amo, lo último que deseo es hacerte sufrir. Déjame cuidarte. Este encuentro no puede ser casual. ¿No lo ves? Encontrarnos en este tren, hoy, entre tantas cabinas la mía junto a la tuya. En este momento de nuestras vidas, luego de tantos desencuentros ¡No puede ser casual! Estamos destinados a estar juntos.

En ese instante Alice comprende que Marcus va a lastimarla como nunca la habían lastimado antes, sin remedio. Y que no hay nada que pueda hacer para impedirlo.

El tren avanza devorándose el paisaje. Afuera sólo se distinguen imágenes difusas, imposibles de apresar. Mientras el vagón se desliza al ras del suelo el valle nevado va quedando atrás.

Los ferrocarriles no tienen ruedas, un sofisticado sistema termodinámico los hace avanzar sin esfuerzo. La compleja red ferroviaria que se extiende hasta el último rincón del planeta tierra es el único medio de transporte utilizado por la humanidad hoy. Se cruzan de a cientos en ciudades, llanuras y valles, incluso bajo el mar. Una danza sincronizada de vagones que transportan a millones en cuestión de segundos. La velocidad promedio asciende a los mil quinientos kilómetros por hora.

—No lo sé Marcus. No quiero sufrir más. Ya he sufrido demasiado y no quiero más desilusiones ¿comprendes? —Baja la mirada sin mover los labios. Los humanos han aprendido a comunicarse telepáticamente y sólo reservan las palabras para momentos cruciales—. Finalmente he encontrado un equilibrio en mi vida, y no sé si quiero perderlo. En realidad sí lo sé, no quiero. Por nada en este mundo quiero… —Vuelve a mirarlo—. Si no funcionó antes ¿por qué habría de funcionar ahora? Tal vez lo mejor sea que dejemos intacto el recuerdo de lo que podría haber sido… ¿No crees?

—¿El recuerdo de lo que podría haber sido? No entiendo… ¿Cómo podemos recordar lo que nunca fue?

—A veces la intuición de lo que podría haber sido ocupa más lugar en nuestros corazones que lo que sucedió. La versión alternativa. La mejor versión de nosotros mismos. Una versión paralela. Está allí, viva, en algún lugar del astral. ¿Nunca lo has pensado? Lo que podríamos haber sido si no te hubieras ido hace diez años. Estoy segura de que hoy seríamos mejores personas si nos hubiéramos quedado juntos. Nos hacíamos bien el uno al otro. Pero tú no estabas listo. Y si tú no lo estabas yo tampoco debo haberlo estado, tengo que hacerme cargo de eso. Necesitabas una mujer que te lastimara, que reflejara la imagen dañada que tenías de tI mismo. Fue lo que pudimos Marcus, nadie tiene la culpa. Fue lo que pudimos y evidentemente lo que tenía que ser. No me robes ahora esa versión alternativa de nosotros que me acompañó todos estos años. Es maravillosa. Si lo intentamos y no resulta la destrozaremos y ya no podré recuperarla.

—Ay Alice, siempre has sido una mujer tan especial… Y por eso te he amado como no amé a nadie en mi vida… —Toma su cara con ternura—. Mi amor, no estábamos listos entonces, pero ahora sí lo estamos… Ahora estoy listo. Por eso nos hemos encontrado hoy en este tren, no antes. ¿No entiendes? He madurado. Soy otro, ahora soy un hombre distinto.

Se acomoda frente a ella y decide hablar en voz alta para darle más convicción a sus palabras:

—*Ahora estoy listo. Estoy listo para ti y para transformarme en la mejor versión de mí. Yo sé que juntos podemos llegar a eso, a ser la mejor versión de nosotros mismos. ¿Y sabes qué? Podría decirte que yo ya soy la mejor versión de mí mismo, en estos años lo he logrado. Pero quiero compartirla contigo. Compartir mi vida contigo. Que me dejes cuidarte como no supe hacerlo entonces. Ahora puedo valorarte mi amor, antes estaba ciego. Ahora puedo verlo todo con claridad.*

Alice llora. Marcus la abraza.

El tren avanza internándose en la noche y sus cuerpos, abiertos y generosos, se entregan sin más restricciones. Amándose como nunca.

Pero cuando lleguen a destino Marcus olvidará sus promesas, y retornará a su vida.

Y Alice lo odiará. Con dedicación, sin esfuerzo. Con la potencia indisoluble de las pasiones no correspondidas.

Hasta el final.

6

Belgrado, ciudad Serbia situada en la frontera con el Reino de Hungría.
1456 d. C.
Mariana es Ágnes.
Mohamed es Ákos.

Los invasores otomanos retroceden ante la ferocidad de los cruzados húngaros que respondiendo al Papa Calixto III detienen con fervor el avance turco en la ciudad sitiada.

Ákos avanza como un autómata entre los cadáveres. Su espada chorrea sangre. El uniforme rasgado a la altura de sus hombros conserva la cruz roja y la armadura intactas. Su larga cabellera negra se ha vuelto una maraña de barro, sudor y sangre. Extraviada, su mirada busca un blanco adonde descargar su furia.

Lo rodean el fuego, la desolación y la muerte.

Al realizar sus votos como soldado de la iglesia pensó que la indulgencia por sus errores del pasado le traería algo de paz. Se entregó ciegamente a esa certeza, como un soldado. La creencia de que la expiación de sus pecados le abriría las puertas del más allá lo llevó a sumarse a las Cruzadas. Su pasado lo atormentaba, y esa era la única oportunidad de salvar su alma.

Por un tiempo esa certeza le dio algo de paz. Pero con el tiempo lo fue abandonando. La sospecha de que esta guerra era más de lo mismo, pero peor, fue creciendo en su interior y la coartada de una causa noble terminó resultándole sencillamente repugnante. Antes era un mercenario y mataba por dinero. Pero el fin era claro, y había algo de dignidad en eso. En cambio la hipocresía de esta causa aparentemente justa le resultaba despreciable.

Ahora sólo buscaba un contendiente a su altura. Un hombre fuerte capaz de liberarlo de una vida miserable y sin sentido. Pero no lo encontraba, todos caían rendidos bajo el filo de su espada. Por eso lo único que le quedaba era disolverse, desaparecer. Ya no imploraba la indulgencia de un Dios misericordioso ni la existencia de un más allá adonde descansar. No creía que existiera.

Y así el destino le deparara el mismísimo infierno, lo único que deseaba era morir. Se quitaría la vida, pero su orgullo se lo impedía. Sólo necesitaba un adversario digno. Una definición, la que fuera. Aunque sospechaba que la falta de sentido era la única respuesta. Que después de aquí no había nada.

Se transformaría en un cadáver, descompuesto y devorado por los mismos gusanos que antes se habían comido a sus enemigos. Musulmanes, serbios, judíos. No importaba, lo mismo daba. De todos modos todos terminarían de la misma manera. Muertos.

Con la mente en blanco camina vacilante hacia una construcción a su derecha. El humo de la guerra y el olor de los cuerpos en descomposición se le han impregnado en las fosas nasales produciéndole náuseas. Hastiado, prevé lo que se avecina con brutal indiferencia: la inmerecida gloria, el cumplido de los pusilánimes y el reconocimiento ciego de las masas.

Como si lo guiara una fuerza ajena a su voluntad ingresa en la edificación.

Al entrar vislumbra a Ágnes parada en la oscuridad. La niña reluce dentro de su túnica blanca, expectante, muda. Debe tener seis años. No hay nadie más que ella en la habitación. Es probable que sus padres hayan muerto, pero ella igual los espera. Paciente, confiada. No tiene otra cosa que hacer.

Cuando se acostumbra a la oscuridad y logra enfocar mejor la mirada confirma su sospecha: es una niña. Sus pequeños ojos rasgados no transmiten acusaciones ni miedo. Su pelo negro y lacio cae como una lluvia fresca de invierno y su piel no presenta una herida. La piel suave de un mundo lejano adonde la ternura y la belleza aún existen.

La inocencia y la pureza de esta niña lo lastiman.

Desvía la mirada.

De pronto lo embarga la sensación de estar despertando dentro de un sueño, preguntándose cómo diablos aterrizo aquí. Se aproxima a ella como ante un misterio, con cautela. Luego de caminar unos pasos las piernas se le aflojan y se desploma de rodillas. La joven lo observa desde su rincón e invitándolo a acercarse le extiende los bracitos. Él se arrastra zigzagueante. Cuando la alcanza se aferra a su pequeña cintura apoyando la cabeza sobre su vientre.

Tambalean.

Ákos balbucea incongruencias y finalmente explota en un mar de pesadumbres. Recuperando el equilibrio Ágnes apoya el mentón sobre su cabeza y lo acaricia. Lo hace como si fuera una mujer, no una niña.

La redención tan anhelada, de la manera menos pensada.

7

Buenos Aires. 16 de septiembre de 1948.
Mariana tiene 4 años.
Su niñera Teresa la hamaca en una plaza.

Puedo ver mis pequeños pies balancearse ante el abismo. Veo pasar una y otra vez la tierra debajo de mí, las piedritas embarradas después de la lluvia, los muslos carnosos asomando por debajo de mi pollera verde.

Mis piernas se inclinan peligrosamente hacia arriba con las puntas de los dedos extendidas. Por momentos me concentro en mis zapatos de charol y en mis medias blancas, pero después veo el piso que pasa cada vez más rápido y todo se vuelve vertiginoso. El mundo gira. Tengo miedo, me entusiasmo. Me mareo.

Teresa me empuja por la espalda cada vez más fuerte. Estoy convencida de que si sigue hamacándome así podría salir volando, o dar la vuelta hacia el otro lado. La vuelta al mundo. Si quedo cabeza abajo, ¿lograré sobrevivir aferrada a estas cadenas? Y si salgo volando, ¿llegaré hasta el cielo? ¿Me encontraré allí con mi pajarito muerto, como dijo mamá?

Miro el cielo. Es un día hermoso. Una radiante mañana de invierno. El sol me acaricia y me protege del frío.

Qué lindo es volar, pienso. Estoy volando. Cada vez que Teresa me empuja me despego un poco más de la hamaca y puedo sentir con claridad cómo me elevo. Toco el cielo con los pies. El corazón palpita en mi pecho.

De repente sobrevienen las dudas. El pánico. La taquicardia. ¿Podrá sostenerme este barral? Comienzo a buscar indicios que corroboren mis dudas. Ruidos o señales que confirmen mis sospechas. La estructura cruje, me parece que no está lo suficientemente aferrada al piso y puede desmoronarse en cualquier momento. Siento un irrefrenable impulso por tirarme y escapar, pero no lo hago. ¿Cómo se detiene esto? ¿Habrá alguna forma de parar este movimiento? ¿Podré bajarme alguna vez de esta hamaca?

En la mente de una anciana Mariana evoca las preguntas de su infancia, recreándolas.
Preparándose para volar.

CUARTA PARTE

Despedidas

1

Vivir sumergida en el mar de lo inconsciente le ha permitido a Mariana vislumbrar la inmensidad de su existencia, su belleza oculta.

Hoy, veinte de enero de dos mil quince, está lista.

Recordar uno a uno los fragmentos de otras vidas le ha proporcionado la posibilidad de llegar al final de esta liviana y lista. Antes de partir recupera la lucidez unos instantes, y confundiendo a Nicolás con Francisco se despide de él.

Panchito la observa incrédulo.

—¿Has visto esas rosas Nico? ¿Has visto qué maravilla? ¡Dios mío! ¿Has notado la armonía que las unen? —Señala un rosal—. Cada una tiene su lugar en el cantero, y el orden que las acomoda es perfecto. Cada una está exactamente donde tiene que estar. Aunque ellas no lo sepan, claro, porque son rosas. Las formas que recrean entre todas es una belleza. —Hace una pausa de unos segundos y luego continúa—. La armonía en todo lo que nos rodea es sencillamente perfecta mi amor, incluso en las plagas y las espinas, que también tienen su sentido en el jardín. Esto es lo que quería decirte, que debes confiar en eso. —Recorre el parque con la mirada mientras Panchito la observa con la boca abierta. Las manos de Mariana descansan sobre su regazo acariciándose a sí mismas. Su columna vertebral se ha erguido inesperadamente y esto la hace parecer quince años más joven, y más alta—. Qué bonito es este lugar Dios mío, ¡si hasta parece salido de uno de mis sueños! Debo haberlo creado yo en mi imaginación para reencontrarme aquí contigo, seguramente. No podría haber imaginado un mejor lugar para nuestra despedida mi amor.

Panchito la escucha anonadado. El repentino despertar de Mariana y el hecho de que tan empecinadamente lo confunda con Nicolás le generan una sensación de impotencia desagradable. Intenta seguir el hilo de sus pensamientos, pero no lo logra.

—Lo que intento decirte es que agradezco cada instante, cada mirada, cada encuentro... Incluso el dolor de nuestros desencuentros. No puedo sintetizar todo lo que he visto desde la última vez que nos vimos mi amor. Es sencillamente imposible. Necesitaría otra vida, y tengo sólo unos minutos. Hemos sufrido y nos hemos hecho sufrir, mucho. Tú sabes. Lo que intento decirte es que ahora entiendo que todo lo vivido fue necesario. Quisiera poder transmitirte la dimensión de esta certeza, que pudieras apreciar su belleza. La perfección del diseño. Las cosas han sido exactamente como debían ser Édouard. Tú, Géraldine, yo. —Lo mira a los ojos tomándolo de las manos—. Mi adorable Géraldine... Quiero que sepas que ya no queda nada pendiente entre nosotras, que nos hemos perdonado. Es importante que lo sepas para que tú también encuentres la paz mi querido. Debes comprender que nuestras deudas están saldadas. Somos libres, finalmente.

Panchito la toma de las manos en silencio. Es tan incoherente todo lo que dice la vieja, y sin embargo algo en su voz y en su mirada le resulta armónico y sincero. Eso lo calma.

—Nada es lo que parece Nico. No somos ni remotamente quienes creemos ser. No tenemos la menor idea de quiénes somos en realidad. Es como si pasáramos por la vida en trance, o dormidos. Pero debo decirte que lo que se esconde tras el velo es hermoso mi amor. Pude vislumbrarlo, y es hermoso. —Mariana se acerca para acariciarle una mejilla—. Tú eres hermoso. El paisaje más bello que jamás haya visto, en todas mis vidas. Tan bello que me duele. Eres lo último que quiero ver antes de irme... y aquí estás, una vez más, mágicamente a mi lado. Como siempre.

—Se acerca para darle un beso en los labios.

Panchito se inclina hacia atrás en un acto reflejo.

Mariana se frena en seco y lo mira confundida.

—¿Qué pasa mi amor? ¿Estás bien?

Jamás le ha dado un beso en la boca a una mujer. Reservaba ese momento para Valentina.

Si bien lo fantaseó un millón de veces, nunca, ni en la más remota de sus fantasías hubiera imaginado que su primer beso sería con la señora Mariana. Una vieja con dientes amarillos y manos de águila. Antes no la veía así, pero ahora registra estos sórdidos detalles como nunca.

Le cae bien la vieja, siempre le cayó bien. Y ahora que habla, aunque diga boludeces y parezca sacada de una novela, le cae mejor todavía. Siempre ha sido muy sensible al tono de voz de las personas, y el de Mariana le gusta. Definitivamente no coincide con su cuerpo. Parece la voz de una mujer joven recién levantada de una siesta. Está bueno.

Sonríe para calmarla mientras se toma un momento para reflexionar.

Evidentemente lo está confundiendo con Nicolás. Está absolutamente convencida. Si se niega a darle el beso tal vez podría generarle algún tipo de trauma peor del que ya tiene, y se enferma de nuevo, pero más. De la desilusión nomás. ¿Cómo le explica que él no es quien ella cree que es? Está tan ilusionada la pobre. Mejor le da el beso y ya. Y cuando llegue Nico que se lo explique él. Total, si cierra los ojos y se concentra en la voz tal vez puede imaginarse que no es tan vieja. De hecho, si cierra los ojos su voz no está nada mal.

O mejor todavía, puede besarla e imaginar que es Valentina. Valentina, que después de escucharlo tocando la guitarra cruzó el cerco y no pudiendo contener más sus impulsos se abalanzó sobre él. Valentina, con su vestido blanco y vaporoso, ardiente y lujuriosa.

Junta valor y se decide. Cierra los ojos.

El gesto es la invitación que Mariana estaba esperando. Aliviada se acerca para besarlo. Al comienzo las bocas se encuentran con prudencia, tibias. El beso es suave y tierno. Los labios se van amoldando el uno al otro con la fluidez de lo inefable.

La mente de Francisco paulatinamente se va disociando de su cuerpo y su boca se adapta a la de ella como si hubiera nacido para este momento. Un beso largo y pausado, de lenguas carnosas, salivas y pequeños mordiscos.

Cuando terminan Mariana se recuesta con naturalidad sobre el banco apoyando la cabeza sobre sus muslos. Le sonríe con cariño y acomodándose entre sus piernas cierra los ojos.

Consternado, Panchito la acaricia.

No entiende lo que acaba de suceder, ni lo entenderá nunca.

2

Italia. 1672 d. C.
Mariana es Franchesca.
Francisco es Rocco.

—*Perdóneme Padre pero no logro expulsarlo de mis pensamientos. Aunque hace años que lo intento, no puedo. Yo sé que es un pecado imperdonable, que debería deshacerme de estas fantasías impuras y concentrarme en mis obligaciones de madre y esposa. Lo sé. Pero me resulta sencillamente imposible... Es inadmisible, lo sé.* —*Franchesca retuerce su pañuelo blanco mientras Rocco retuerce sus manos*—. *Me casé con mi esposo con la firme convicción de que lograría dejar atrás este deseo de usted Padre, pero no ha sucedido. Y créame, Dios sabe que lo he intentado, pero resulta sencillamente imposible. Conocer el amor carnal sólo ha reforzado lo que siento por usted. Ahora no hago otra cosa que pensar en nosotros. Cuando nació mi hijo creí que lo había olvidado pero luego mi pasión retornó, redoblada. Y ahora no pienso en otra cosa. Cuando lo imagino puedo tocarlo. Cada vez que me toco a solas, lo toco a usted. Despierta a mi lado por las mañanas y se acuesta conmigo por las noches, siempre. Cualquier excusa es buena para imaginarnos juntos...* —*Se genera un inquietante silencio*—. *Tal vez usted pueda controlar lo que siente Rocco, pero yo no puedo.* —*Franchesca se acerca a la ventanilla del confesionario susurrando a través de sus hendiduras* —. *Lo que sí puedo asegurarle es que lo que siento no es obra del demonio. Además de desearlo como no he deseado nunca a nadie en mi vida, lo amo Padre. Desde siempre, desde que escuchaba sus sermones de niña. Y es un amor puro, se lo juro por lo más sagrado que tengo que es mi hijo. Lo amo tanto que hasta estaría dispuesta a renunciar a usted si fuera necesario. Jamás haría algo que pudiera perjudicarlo. Pero necesito que lo sepa para poder avanzar. Que sepa que he decidido entregarle esta pasión a Cristo, transformar este sufrimiento en un sacrificio. Mi sacrificio, mi cruz. Como mencionó ayer en su sermón. Pero sólo podré hacerlo si usted lo sabe. Y si me corresponde incluso hasta estoy dispuesta a callar y nunca más volver a mencionarle el tema. Pero necesito que lo sepa y saber si usted siente lo mismo. Sería nuestro secreto, sólo nuestro. Se lo juro.*

Rocco la escucha dentro del confesionario aferrado al banquillo, con el ceño fruncido y los ojos cerrados.

—Oremos juntos hija. Es la única manera de enfrentar estas tentaciones. Debemos orar y redoblar nuestras convicciones amparados en el amor a Cristo.

Franchesca lo escucha furibunda y se levanta bruscamente.

—¿Pero qué está diciendo? Yo no vine a confesarme Rocco, y no soy su hija. —Se acerca a la entrada al confesionario, corre las cortinas de terciopelo que aíslan al cura del resto del mundo e ingresa su cabeza dentro para mirarlo a los ojos—. Vine a decirle que lo amo, y que no puedo seguir sofocando lo que siento por usted. Si sigo haciéndolo me voy a enfermar. Y necesito saber si usted siente lo mismo. Intuyo que sí, pero necesito escucharlo de sus labios. No puedo seguir fantaseando de esta manera sin saber si soy correspondida. Aunque sea concédame ese consuelo.

—Franchesca, usted siempre ha sido una joven demasiado temperamental, desde pequeña. Debe aprender a controlar sus impulsos… Voy a tomar su confesión y esta irrupción en el confesionario como uno más de los tantos exabruptos que ha tenido en su corta existencia… Pero le pido que se retire de aquí ya mismo y no vuelva a hablarme en estos términos, o no podré volver a ser su confesor…

—Mi temperamento no tiene nada que ver con esto Rocco, y usted lo sabe. Además no me está escuchando… ¡No quiero que siga siendo mi confesor! —Franchesca se arrodilla frente a él posando las manos sobre sus muslos—. Yo sé que usted siente lo mismo que yo Rocco. —Los acaricia—. Puedo intuirlo. Lo siento por las noches en mi lecho y por las mañanas al despertar. Me toca, puedo sentir sus manos sobre mí. Conozco cada centímetro de su piel aunque nunca hayamos estado juntos. Hemos hecho el amor cientos de veces en mis sueños. Cuando tengo relaciones con mi esposo lo hago con usted y es maravilloso.

Rocco cierra los ojos y se aferra con fuerza a su banquillo ladeándose a un costado. Su boca está ligeramente abierta. Cuando la joven comienza a llevar las manos hacia su miembro abre los ojos y empujándola violentamente hacia atrás se levanta. Sale del confesionario agitado.

—¡Basta Franchesca! ¡Basta! ¿Me escucha? ¡Basta!

Franchesca trastabilla y cae al piso. Luego de unos segundos irrumpe en llanto y se tapa la cara con las manos intentando esconder la humillación.

—¡Y hágame el favor de no llorar más mujer! Irrumpe en mi vida intentando destrozar todo aquello por lo cual he luchado, ¿y llora? —Camina en círculos frotándose las manos—. No voy a permitir que una criatura poseída por el demonio me haga renunciar al señor. Así derrame todas las lágrimas del mundo, y se ahogue en ellas. —Se detiene y la mira—. Y si sigue comportándose de esta manera voy a tener que sospechar que realmente está poseída. Y usted sabe lo que eso significa… No me obligue a llegar a esas instancias, por favor. La conozco desde que era una niña.

Francesca deja de llorar. Luego de mantenerse inmóvil unos instantes se levanta sosteniendo la cabeza en alto con dignidad.

—Haga lo que quiera conmigo. Ya no me importa. Prefiero morir en la hoguera antes que seguir viviendo así. No me importa. —Al ver que él duda ella recupera la confianza y se abalanza sobre él para abrazarlo hundiendo el rostro en su pecho.

Resignado, Rocco se deja abrazar. Extiende sus manos hacia el cielo como alejándolas de un peligro. Francesca lo quema. Lucha contra el impulso ciego por abrazarla, pero termina cediendo ante la tentación y tomándola entre sus brazos. Al comienzo con timidez, luego como un condenado a muerte ante su última cena. Saboreándola.

Tiembla. El contacto es intenso y cálido. Los pensamientos y las dudas se disipan. El mundo se diluye, ingrávido, y el aire se llena de oxígeno.

La toma de la cabeza acariciándole el pelo para acercarla hacia sus labios, aunque no se atreve a besarla. Hunde el rostro en su cuello aferrándose a su cintura. El universo y las galaxias contenidos en esa pequeña cintura. La noción de Dios y todas sus creencias disueltas en ella.

Franchesca se decide y toma la iniciativa. Comienza besando su cuello para ir subiendo lentamente hacia sus labios. Él la recibe con suspiros. La recorre con sus manos por encima y por debajo de la blusa frotándose contra sus piernas. Extasiado, comienza a descender hacia sus muslos y cuando comprende que están demasiado expuestos fuera del confesionario la arrastra adentro.

Se esconden allí para seguir besándose y acariciándose. Una, mil, un millón de veces. De todas las formas posibles.

—Ay Franchesca, por Dios…qué vamos a hacer. Estamos perdidos —dice él con la voz ronca y ahogada.

Ella sonríe.

Una inmensa catedral, desmoronada en unos pocos segundos.

3

La cocina donde se encuentran la Pancha y el Panchito es luminosa y amplia.

Los ventanales de hierro repartido se elevan hasta el techo dejando ingresar el sol del invierno. Algunos paneles simulan *vitreaux*, pero en realidad son oleos pintados por Nicolás. El paisaje del otro lado es bucólico: los rosales sin sus flores, el pasto un poco alto y seco y el banco de Penélope descansando bajo el sauce. A lo lejos el río.

En el centro de la cocina hay una mesa de madera vieja con seis sillas. El piso de azulejos antiguos forma un damero en blanco y negro. Colgando sobre ganchos en las paredes y apoyadas sobre anaqueles hay ollas y sartenes de bronce, de teflón y de acero inoxidable, todas prolijamente acomodadas. También hay cazuelas de barro y una *fondue*.

Debajo de cada ventanal hay un estante de madera con macetas de plantas aromáticas y especias.

Los bajo mesada son de pinotea, y las mesadas de mármol.

El horno está encendido. Un delicioso olor a pan recién horneado impregna el ambiente. Francisca unta una tostada con queso cremoso mientras escruta a su hijo a los ojos.

—¿Qué le andai pasando a mi cabrito? Lo veo medio apachuchado. ¿Está todo bien? Debería estar contento que está de vacaciones y nos vamos de viaje po... Usted siempre quiso hacer ese viaje... —Le agrega mermelada a la tostada—. Dicen que es una ciudad harto impresionante Nueva York, y le va a venir bien para practicar el inglés. Usted sabe que todo esto a mí no me convence... Pero bueno, entendí que no puedo cortarle las alas. Y mientras usted no se olvide de quien es, yo no tengo problema en que aprenda cosas nuevas. Eso sí mi querido, la gente que se olvida de sus raíces es como una planta sin agua. Tarde o temprano esa ingratitud se paga. Nunca se tiene que olvidar de eso.

Panchito no responde. Come la tostada mientras revuelve su Nesquik concentrado en los diseños arabescos de la azucarera.

"Debe estar estar muy mal este gallito para no responder, aunque sea para pelearme. Cuando le hago este tipo de comentarios siempre se enoja y se me retoba. Pero ahora, ¡nada! Es raro po", piensa la Pancha. "Algo se me trae bajo el ala, y no es nada bueno. Puedo olerlo. Nada bueno".

—¿Está bien mi querido? Lo noto raro. ¿Pasa algo?

—Anoche soñé con la señora Mariana.

Pancha deja el cuchillo sobre la mesa. Apoya la tostada recién untada sobre el plato y agarra una servilleta para limpiarse las manos. Al terminar la dobla cuidadosamente y se la lleva a la boca para limpiarse los labios aunque los tenga limpios.

— Ay sí, la pobre señora Mariana... ¡Cómo la extraño! A veces por las mañanas todavía me confundo y me voy a su cuarto para levantarla. Cuesta creer que ya no esté con nosotros. ¿Así que la soñó? La muerte es tan rara mi querido. ¿Vio? Un gran misterio. ¿Dónde estará ahora? Quién sabe. Esta ha sido la primera muerte importante en su vida m'hijito, además de la de su madre claro. Pero como no tiene recuerdos de aquella, esta le ha impactado como si fuera la primera. Está descubriendo cómo son las cosas mi querido. La vida es así, y mejor aprenderlo y aceptarlo desde el vamos.

—Sí. Ya sé. Pero no es eso Mamá Abuela. Es eso, pero no es eso... —Acaricia el borde del plato con la yema de sus dedos siguiendo su circunferencia. Dos vueltas enteras antes de comenzar a hablar. La Pancha sigue el movimiento de sus dedos con la mirada—. No sé cómo decirle esto...

—¿Decirme qué mi querido?

—Que la tarde que murió la señora pasaron algunas cosas que nunca llegué a contarle. Ni a usted ni a nadie.

—¿Qué cosas Francisco? —pregunta la Pancha, intranquila—. No me asuste mi querido...

—No se asuste. No es tan grave, y además ya pasó. Pero fue raro, muy raro Por más que le doy vueltas en mi cabeza, y mire que lo hago eh. No entiendo. Cuanto más lo pienso menos lo entiendo. Encima me siento como el orto por no habérselo contado a Nico. Él es una masa, y es un bajón no habérselo contado. Re turbio. Anoche en mi sueño la señora Mariana me dijo que tenía que contárselo, pero no me animo. Encima ahora me invita a hacer este viaje espectacular, y yo me siento una basura. Un mal bicho. Qué sé yo, no sé.

Francisca lo escucha con los ojos entornados recostada sobre el respaldo de su silla evaluando cada palabra. Luego de un prolongado silencio se inclina hacia adelante anunciando su veredicto:

—Ahora escúcheme bien señorito Francisco Peñalba. Yo no sé de qué cornos me está hablando. Pero lo que sí sé muy bien, mejor que nadie le diría, es que usted no es ninguna basura como dijo. Y menos todavía un mal bicho. Está muy lejos de serlo. No importa lo que haya pasado esa tarde, eso ya me lo contará, pero yo estoy segura de que sea lo que sea que hizo no lo hizo con malas intenciones. Se lo digo yo, que soy su abuela y lo conozco mejor que nadie. Tendrá otros defectos, que son muchos, eso ya lo sabemos pero sobre la bondad que hay en su corazón nadie puede ponerlo en duda.

Panchito se larga a llorar.

Pancha lo anima usando el tono de voz que usaba con él cuando era niño.

—No hay nada de lo que pueda contarme que vaya a asustarme hijo. Confíe en mí. Puede confesarme lo que sea. Sáquese eso de adentro po, que si no lo escupe se me va a enfermar.

—Bueno. Ahí va. No lo va a entender, pero yo tampoco lo entiendo yo.

—Vamos, un poco de confianza en su señora madre ¡por Dios!

—A veces me pregunto si lo habré soñado. Capaz que me quedé dormido y cuando desperté y vi a la señora Mariana encima mío me armé toda esta historia. Qué sé yo...

—Ay hijo... ¡Por Dios! ¿Me quiere matar de un infarto? Cuénteme de una vez por todas lo que pasó que no aguanto más el suspenso. ¡Largue prenda!

—Sí. Perdón Mamá Abuela. Es que me cuesta. Ahí va. ¿Se acuerda de la tarde que murió la señora Mariana?

—Sí. ¿Cómo no me voy a acordar? Pasaron menos de seis meses, claro que me acuerdo. Fue muy triste, todavía me parece verlo al señor Nicolás ahí paradito como un poste en el jardín. —Señala la fuente—. No podía reaccionar el pobre, fue una sorpresa terrible. Y al mismo tiempo no, al mismo tiempo estábamos todos esperándolo, claro. Lo que pasa es que de tanto esperarlo dejamos de esperarlo y nos tomó por sorpresa. ¿Pero qué se podía esperar? En realidad fue lo mejor para la señora, pobrecita. Ahora es libre. Su cuerpo ya no la acompañaba. Y ahora el señor Nicolás puede rehacer su vida. Es guapo todavía, y joven. Cincuenta y cuatro años tiene. Nada. Le dedicó la vida a la señora, y ahora es hora de que se relaje y disfrute un poco él. Que viaje y recorra el mundo. ¡Con toda la plata que tiene! Si hasta puede volver a enamorarse, quién sabe. Por qué no.

—¿Me deja hablar Mamá Abuela? Quiero contarle lo que me pasó y no para de hablar. ¿En qué quedamos? Quiere que le cuente, ¿o no?

—Discúlpeme hijito, tiene razón —dice la Pancha mientras se tapa la boca con las manos—. Soy una vieja parlanchina. Tiene razón. Perdón. Continúe. Lo escucho.

—Usted sabe lo que me está costando contárselo y cuando me decido ¡no para de interrumpirme! Es un faso, mal. ¿Quién la entiende?

—Ya le pedí disculpas mocoso. No sea insolente. Vamos.

—Bueno... Esa tarde yo estaba nervioso porque quería tocar por primera vez en público y pensé... ¿Quién mejor que Mariana para probar? ¿Se acuerda que ese día yo llevé mi guitarra al jardín?

—Sí. No. Bueno, no sé. No lo recordaba. Recuerdo ese día un poco confuso porque fue harto complicado... Pero igual usted siempre andai con su guitarra a cuestas, la toque o no. Es como si se la hubieran cosido al cuerpo po. ¿Así que su primer recital fue para la señora Mariana? Qué ingrato es usted hijo, eh...

—No sea densa Mamá Abuela. En serio. Mire que no le cuento más nada.

—Perdón. Perdón. Es que me cuesta controlarme ante tanta ingratitud.

—Bueno, contrólese. Fue así. Y yo tengo derecho a darle mi primer recital a quien se me dé la gana, es así. —Agarra una servilleta y empieza a retorcerla—. Así que aproveché que usted y Nicolás se habían ido para dárselo a ella. Me pareció que Mariana iba a saber valorar mi música. Además, si no le gustaba no iba a decir nada. Era perfecto. Estuve como una hora tocando para ella, hasta que se despertó.

—¿Cómo que se despertó? Se murió habrá querido decir, mi querido.

—No, dije bien. Se despertó. Antes de morir se despertó.

—¿Qué quiere decir con que se despertó? ¿Abrió los ojos? Ella siempre tenía los ojos abiertos...

—Se despertó Mamá Abuela. Como le digo, se lo juro. Se despertó. Me miró bien fijo a los ojos y después me habló. Y le aviso que no estoy loco.

Francisca se lleva ambas manos hacia la boca.

—Pero m'hijito eso no es posible... ¡Eso es un milagro! ¿Cómo no se lo contó al señor Nicolás? Sucede lo que estuvo esperando todos estos años, ¿y usted no se lo cuenta? ¿Sabe lo que hubiera dado el señor Nicolás por ver eso?

—Ya sé Mamá Abuela... ¿Vio? Yo le dije que era un monstruo y usted no me creía. Pero ahora está de acuerdo. Yo se lo dije, no tengo perdón de Dios. Y ahora ya es tarde, ahora ya no se puede hacer nada.

—Espere hijo. Empecemos por el principio que estoy mareada, no entiendo. Vamos por partes. Estoy segura que todo esto tiene una explicación. ¿Qué pasó esa tarde Panchito? Algo tiene que haber pasado para que usted calle semejante cosa. Un par de días, vaya y pase. Pero seis meses... ¡Es demasiado po! Vamos de a poquito. Cuéntemelo todo desde el principio.

—Bueno. Como le digo, yo estaba tocando la guitarra en el jardín cuando de golpe me doy vuelta y veo a la señora Mariana mirándome. Pero no de la manera en que ella miraba siempre, sino de verdad. Usted entiende, enfocando. Fue rarísimo. —Apoya la servilleta y agarra una cuchara para jugar con ella nerviosamente haciéndola girar en sus manos—. Imagínese, me cagué todo. Era ella, pero no parecía ella. Despierta parecía más joven y liviana, como si de golpe pesara menos... Rarísimo. Toda derechita estaba.

—¿Y entonces? ¿Qué paso entonces?

—No sé. Fue un flash. Me confundió con Nicolás. Imagínese... ¡Con Nicolás!

—¿Con el señor Nicolás? ¡Pero qué disparate!

— Sí, ya sé. Pero ella estaba convencida de que yo era Nicolás, y le juro que no hubo manera de sacarle esa idea de la cabeza Mamá Abuela. Mire que traté, pero no hubo caso. Estaba convencidísima. Yo pensé que cuando llegara Nico él se lo iba a explicar. Pero no llegó a tiempo, se murió antes.

—Eres parecido al señor Nicolás, es innegable. Pero cuarenta años más joven po... ¡Qué disparate! Pobre señora Mariana... Ni eso le salió bien. Tuvo la oportunidad de despedirse del amor de su vida antes de morir... Y lo confunde con un cabrito de doce años.

—Yo ya no soy un cabrito Mamá Abuela.

—Es verdad m'hijito, no es un cabrito. Me olvido. Pero bueno, para mí va a ser un niñito siempre. Qué puedo decirle, las madres somos así. ¿Qué pasó entonces? Lo que me cuenta es sorprendente, verdaderamente. Pero no comprendo por qué lo calló todo este tiempo. Y por qué se atormenta así Panchito. No encuentro nada de malo en que la señora lo haya confundido con el señor Nicolás. Son cosas que pasan cuando una persona está en las condiciones que estaba ella. Imagínese usted despertando después de tantos años en un jardín desconocido y con alguien que nunca vio en su vida. Porque por más que usted sí la conociera, no se olvide que ella estaba muy enferma Panchito, y nunca había hablado con usted. —Hace un silencio—. Además no hay nada de malo en lo que está contando, todo lo contrario. Es maravilloso que se haya podido despertar aunque sea unos minutos antes de morir. ¿Cuánto tiempo duró todo aquello? ¿Qué dijo exactamente?

—No sé. Debe haber durado unos quince, veinte minutos. Ni idea. No fue mucho. Habló de las rosas... En realidad no entendí nada de lo que dijo. Insistía en hablarme como si yo fuera Nico. Al principio traté de explicarle, como le digo. Pero después me dio miedo que le hiciera mal. Se veía tan ilusionada la pobre, que decidí seguirle la corriente. Total, cuando volviera Nico él se lo iba explicar. Nunca pensé que se iba morir antes. Parecía tan viva. Más viva que nunca, le juro. Si hubiera sabido que se estaba muriendo le hubiera dicho u hecho otra cosa. Qué se yo, podría haber llamado una ambulancia, o algo... Si hubiera venido un médico capaz que la salvaba.

—No mi querido. No hubieran podido salvarla. Los médicos lo dijeron bien clarito, ese corazón no daba más. Y no hay nada que hubieran podido hacer para evitar que se parara. Créame. Los doctores se lo dijeron al señor Nicolás bien clarito, yo estaba allí.

—No sé... miré que un minuto antes de morir parecía más viva que nunca eh... le juro. Aunque es verdad que justo un ratito antes me dijo que le quedaban sólo unos minutos, que quería decirme un montón de cosas, pero no tenía tiempo... Bah, en realidad a Nico quería decírselo, no a mí.

—¿Y dijo algo más? ¿Algo que tengamos que contarle al señor?

—Dijo muchas cosas Mamá Abuela, como le digo. Lo que pasa es que era tan incoherente todo, que me costaba seguirle el hilo. En un momento me llamó tipo Eduardo, pero en francés... Además hablaba rarísimo. Una voz muy linda, eso sí, pero ridícula. Parecía del siglo pasado. La verdad que su voz me sorprendió, estaba buena che, nunca me la hubiera imaginado así. Como nunca la había oído hablar antes fue rarísimo ¿vio? Bueno, usted nunca la escuchó tampoco ¿no?

—No. Yo tampoco. Qué intriga hijo. ¡Es harto increíble lo que me está contando! —Panchito levanta los hombros con impotencia—. No es que no le crea mi querido, claro que le creo. No se enoje. Sólo digo que es asombroso, sólo eso.

Se hace un silencio. Francisca mira a través del ventanal en dirección al río. Panchito se mira las manos.

—Y hay algo más que no le conté Mamá Abuela.

—¿Algo más...? ¿Qué más? —Francisca titubea.

—Sí... Algo que todavía no le conté porque me da alta vergüenza. No sé cómo contárselo, si ni yo mismo lo entiendo. Me da miedo que crea que me volví loco.

—Cuénteme hijo. Lo que sea. A esta altura cualquier cosa me parece posible, así que lo último que voy a pensar es que se volvió loco.

—Unos minutos antes de que Mariana se muriera pasó algo rarísimo. Por eso no se lo conté a nadie. No sé si me lo podrá entender, ni cómo explicarlo. Especialmente a Nico. Ni yo mismo lo entiendo, le juro... —Suspira.

—Ay hijo. Se lo digo en serio, me va a matar. No me dé más vueltas por favor se lo pido. ¿Qué paso?

—Bueno. ¿Vio que le dije que ella estaba convencida de que yo era Nico? Pues quiso despedirse de él como corresponde. Ella lo quería mucho a él, doy fe, viera el amor con que le hablaba. No sé si alguna vez una mujer me va hablar así a mí. Ojalá...

—No entiendo a qué se refiere Panchito. ¿Qué quiere decir con eso de que quiso despedirse como corresponde?

—Digo, que quiso despedirse como cualquier mujer querría despedirse de su esposo: con un beso. Lo que quiero decirle es que me besó en la boca Mamá Abuela. No pude negarme.

—¿Cómo...?

—Eso. Que se acercó para darme un beso en la boca y yo no se lo negué, se lo di. En nombre de Nicolás, obvio.

—¿Un beso, beso? O un beso... ¿Cómo?

—Un beso. De esos. Con todo, como en las películas.

Francisco baja sus manos debajo de la mesa escondiéndolas sobre sus muslos. Se las frota nervioso. A Panchita se le humedecen los ojos.

—Pero m'hijito, —sonríe con ternura— lo que me está contando es el gesto de amor más noble que jamás haya oído... Ayudó a una pobre moribunda a morir en paz. Es un gesto bello, conmovedor. No hay nada de malo en él, todo lo contrario. Debería estar orgulloso. No hay nada de lo cual avergonzarse. Fue increíblemente generoso de su parte.

Panchito calla y la mira.

No puede confesarle lo que sintió. No va a decírselo a ella, ni a nadie. Porque en realidad no puede decírselo a sí mismo.

Pasarán años antes de que pueda compartirlo.

4

Nicolás redacta un mail desde su ipad recostado sobre el mullido sillón del living mientras escucha música de Spotify. En el mail se dirige a Muriel, le pregunta cuál sería la mejor opción para que Panchito estudie música en Nueva York, y si considera que sería posible conseguirle una vacante para el año próximo en la Juilliard. Tal vez existía un lugar mejor que él no conocía, y quién mejor que una música de pura cepa como ella para asesorarlo. Quería aprovechar las vacaciones de invierno para que Panchito conociera Manhattan. No iba a ser fácil apartarlo de su entorno en Buenos Aires, y necesitaba darle un buen estímulo para dar ese paso. Pancha había accedido a vivir con ellos en New York, aunque la idea de vivir en Estados Unidos no le causara ninguna gracia. Estaba dispuesta a hacer este esfuerzo por su nieto. Ya lo había hecho en el pasado, y podía volver a hacerlo.

Nicolás apoya el ipad entre sus piernas. Observa los leños ardiendo en la chimenea. Piensa. Su ciclo en la Argentina está cumplido. Va a extrañar Buenos Aires, sin lugar a dudas, pero necesita cerrar esta etapa. Volver a New York podía ser una excelente oportunidad para recomenzar. Luego de la muerte de Mariana se dedicó a pintar sin descanso, y el resultado había sido una serie nueva que resultó ser todo un éxito. La terminó en menos de seis meses y varias galerías del Soho ya se la disputaban. Los críticos decían que era su mejor trabajo. No iba a vender la casa porque existía la posibilidad de que en algún momento quisiera volver, así que va a alquilarla.

La muerte de su mujer lo dejó con una extraña mezcla de tristeza y paz. Lo hizo entrar en contacto con la certeza de lo efímero, la conciencia de que todo en su vida estaba destinado a morir. Todo, absolutamente todo. Pero al mismo tiempo sus recuerdos seguirían vivos en algún lugar del astral, o su inconsciente. Indestructibles, eternos. Lo importante no es lo que nos pasa, sino la percepción que tenemos sobre lo que nos pasa. Cómo lo significamos. Y esa comprensión se había expandido. Las percepciones que fueron tan claras en un comienzo en su vida y luego se desdibujaron ahora estaban volviendo. Esa certeza, esa confianza. La capacidad de fluir en armonía con los acontecimientos.

Disfruta estas sensaciones acompañado por la melodiosa voz de Ismael Serrano cuando ingresan por la puerta que da a la cocina la Pancha y el Panchito.

—Permiso señor. ¿Molestamos? —Francisca camina tomando a su hijo de un brazo—. Acá le traigo al Panchito que quiere decirle algo, pero le está costando un poco po. No se anima. Por eso se lo he traído señor, para darle un empujoncito. Es harto importante lo que tiene para decirle.

—¡Pero por Dios Pancha! Cómo me van a molestar... Al contrario. Pasen.— Nicolás los recibe bien predispuesto—. ¿Qué anda pasando Panchito? ¿Estás nervioso por el viaje? —Le da unas palmaditas al almohadón a su lado invitándolo a sentarse junto a él.

—Bueno, se lo dejo... —Francisca empuja a su hijo por los hombros forzándolo a avanzar. Panchito se resiste, pero termina accediendo.

—Ah bueno, parece que no está fácil la cosa... ¿Es serio? ¿Quiere sentarse Pancha? Así lo charlamos los tres. ¿Es sobre el viaje? ¡No me digan que se me están retobando!

—No, para nada Don Nico. Eso está cocinadísimo. Es otra

cosa lo que quiere contarle el Panchito. Algo muy importante para él, y para usted. Ya va a ver señor. El cabrito no se animó a contárselo antes porque anda un poco asustado ¿vio? Ni a mí me lo había contado, imagínese. Recién lo hizo hoy en el desayuno. Se entiende... La situación es difícil, para qué se lo voy a negar. —Lo guía hasta el sillón tomándolo nuevamente por los hombros, pero ahora con más suavidad. Panchito se resigna y se sienta.

—Bueno m'hijito... tranquilo, ¿sí? Se lo cuenta todito al señor Nicolás así como me lo contó a mí, sin miedo. —Le acaricia una mejilla y sonríe. Panchito está pálido.

—Ay Dios mío Pancha, están empezando a preocuparme. De verdad. ¿Qué pasó?

—Nada grave señor, no se preocupe. Ahora mismito el Panchito se lo va a contar todito. Los dejo solos po, pa que charlen tranquilos. Cualquier cosa me llaman ¿sí?

—Okey.

Francisca se retira y Nicolás y Panchito quedan mirándose a la cara. Los rodea un silencio tan incómodo que Panchito intenta huir bajando la cabeza.

—¿Y Panchito...? —Expectante, Nicolás lo busca con la mirada—. Tranquilo hombre. Está todo bien... No sé qué será lo que tenés para decirme, pero sea lo que sea va a estar bien. No te preocupes che, estás hablando conmigo, Nicolás. Confiás en mí, ¿no? ¿O no confiás?

—Sí — dice Panchito—. Obvio que confío. El problema no es ese Nico. El problema es que vos vas a dejar de confiar en mí. Y te juro que odio esa idea, pero es lo que va a pasar. Después de Mamá Abuela sos lo mejor que me pasó en la vida y la idea de perderte me mata, te juro. Me mata... —Se larga a llorar ocultándose tras un almohadón que había tomado de improviso segundos antes.

—Eu, Panchito... ¡Tranquilo che! No vas a perderme. Nunca. Ni a mí, ni mi confianza. Te conozco desde que eras chiquito y sé muy bien quien sos. Nada de lo que puedas contarme va a cambiar lo que pienso de vos, y mucho menos lo que siento. Sabés que sos como un hijo para mí. El hijo que no tuve. ¡No seas pavote, che! —Se acerca y le da un abrazo.

Llorando, Francisco se deja abrazar.

Llora ante la declaración de amor que acaba de escuchar, y ante la posibilidad de perder ese amor. Llora de impotencia y de miedo. Se siente agradecido, culpable, contento. Disfruta del privilegio de ser el depositario de su cariño y su confianza, pero al mismo tiempo se siente un impostor. Toda su vida había dependido de la caridad ajena, y estaba cansado de esta sensación de que sus derechos no fueran legítimos. Harto.

Aunque Nicolás no entiende el motivo de su llanto, lo comprende. Lo deja llorar acariciándole la cabeza y frotándole la espalda.

Francisco llora hasta agotar la última lágrima.

—¿Estás bien Paquito? ¿Más tranquilo? —Lo toma del mentón con una mano.

—Sí Nico. Perdoname. No sé qué me pasó... Estoy un poco nervioso.

—¿Cómo que perdoname? No hay nada que perdonar, pavo. Todo lo contrario. Es un honor que confíes en mí y te animes a llorar así. Eso de que los hombres no lloran es una huevada que por suerte ya no está de moda. Y qué mejor que el abrazo de otro hombre en quien uno confía ¿no? —Lo vuelve a abrazar, esta vez con más fuerza.

—Bueno Panchito, vamos hombre. Tranquilo. Ya está, ya pasó. Ahora charlemos tranquilos ¿dale?

—Sí... —Panchito se seca las lágrimas con la manga del *sweater*.

—Contame.

—Bueno. Lo que quería contarte tiene que ver con Mariana Nico.

—¿Con Mariana? —Nicolás se sorprende y no oculta su asombro.

—Sí. Con Mariana. Yo sé que es raro. Es rarísimo. Muchísimo más raro de lo que te puedas imaginar, te juro. No sé ni por dónde empezar. Tampoco sé por qué no te lo conté antes. Me imagino que tenía miedo de que te desilusionaras, que te pusieras mal por no haber llegado a tiempo. Qué se yo. Vos esperaste tanto y cuando pasa, justo te lo venís a perder por un par de horas, y yo estoy en tu lugar. No es justo.

—¿De qué estás hablando Panchito? No entiendo nada. ¿Cuándo pasó qué? ¿Qué es lo que yo estaba esperando? Explicate mejor please. Te juro que no te entiendo.

—Mariana, Nico. La señora Mariana. Que antes de morirse se despertó. Se despertó y yo estuve hablando con ella.

—¿Que qué...? —Nico lo escucha sin entenderlo. Sus palabras se transforman en un eco inaprensible, repicando en sus oídos sin poder asirlas—. No entiendo de qué me estás hablando.

—Sí. Que Mariana se despertó un rato antes de morirse, y que estuvimos hablando. Eso. Bah, en realidad fue ella la que habló, porque yo casi no dije nada. No me dio tiempo. Ella me confundió con vos Nico, y se la pasó diciéndote cosas. Se ve que tenía mucho para decirte. Yo no sé por qué no me animé a contártelo antes, te juro. Me dio pena que te lo hubieras perdido, me pareció que te iba a hacer mal. Qué sé yo.

Nicolás se frota la cara con las manos arrastrándolas hacia su pelo. Apoya los codos sobre las rodillas y se queda allí, paralizado, agarrándose la cabeza. Luego de unos instantes la levanta.

—Lo que me estás contando es de locos Paquito. Explicame lo que pasó, pero despacio por favor, así te entiendo. ¿Qué te dijo? ¿Qué pasó? Contamelo todo. —Decide hablarle lentamente, como si Francisco fuera un extranjero que no entiende el idioma—. ¿Cómo que se despertó? Pero desde el principio. Y con la mayor cantidad de detalles, por favor.

—Sí. Bueno. Voy a tratar. Cuando hablé hoy a la mañana con Mamá Abuela también me preguntó, y contándole a ella me volvieron algunas cosas que no me acordaba. Voy a hacer el esfuerzo por contártelo todo lo mejor que pueda. Lo que pasa es que hay muchas cosas que no entendí Nico, fue muy raro. Yo estaba tocando la guitarra en el jardín. Había salido a cuidar a Mariana, pero también para ver si podía levantarme a la minita de al lado, Valentina. ¿Te acordás que te hablé de ella, la vecina que me voló la cabeza? La rubia esa que está re fuerte

—Sí... —responde Nico mientras se acaricia la frente con la yema de un pulgar y respira profundo invocando paciencia.

—Bueno, decidí que me importaba un carajo que fuera más grande que yo, y que me la iba a levantar. Compuse una canción re grosa para ella, y quería tocarla cuando saliera al jardín para ver qué onda. En verano ella siempre sale al jardín después de almorzar... —Se frota las manos—. De casualidad decidí encararla ese día, por eso salí a practicar con Mariana mientras la esperaba. No sabés lo nervioso que estaba. A Mariana le re copó lo que toqué, te juro. O tipo eso me pareció a mí, qué sé yo. Entonces salió Valentina y me dio re bola. Hasta me llamó Franchesco, Nico. Nunca nadie me había llamado Franchesco, me encantó. Desde entonces me llama así. Después me grabó con su iphone y me subió a YouTube.

—Panchito, me encanta todo lo que me estás contando, está buenísimo. Pero hasta ahora no entiendo qué carajo tiene que ver con Mariana... —Nicolás pierde la paciencia.

—Sí. Sorry Nico, me fui de tema. Lo que pasa es que estoy un poco nervioso ¿viste? Bueno, voy al grano. Yo estaba re flasheado después del encuentro con Valentina, pensando en eso a full cuando de golpe me doy vuelta y Mariana está ahí sentada mirándome. Casi me muero del susto, imaginate. Me confundió con vos desde el principio. Empezó a hablarme como si yo fuera vos, me dijo algo de unas flores que le habías regalado y que ella había guardado en un libro, o algo así. Te juro que trato de acordarme de los detalles, pero me re cuesta. Si hubiera sabido que después iba a tener que contártelo hubiera prestado más atención. Pero fue todo tipo tan rápido. Entre que no le entendí nada porque todo lo que decía era rarísimo, y yo estaba mega nervioso no logré fijar casi nada. Lo que sí te puedo decir es lo que me transmitió, eso lo tengo clarísimo. Parecía súper en paz y tranquila. Casi que contenta te diría. Sí, contenta estaba. Como si estuviera entusiasmada por algo y quisiera convencerme de eso, o contagiarme. Algo así, no sé. Su voz me pareció rarísima porque parecía de otra época y no pegaba para nada con su cara. Pero bueno, yo nunca la había escuchado antes, qué sé yo. Además parecía la voz de una mujer muchísimo más joven. Despierta se veía distinta Nico, como si le hubieran inyectado algo. Un flash boludo. Era ella, pero no era ella. Sorry por lo de boludo, se me escapó. Parecía tipo más alta. Súper derechita y despierta. Bueno, obvio despierta estaba. Eso es lo que estoy tratando de decirte, que estaba recontra despierta. Impresionante, te juro.

Nicolás sonríe. Se tapa la boca con las manos. Sus ojos se ponen vidriosos.

—¿Recordás algo más? —Pregunta con voz ronca.

—Sí. Me acuerdo que me dijo que vos eras lo más lindo que había visto en su vida. Que te quería y te perdonaba. Que todo lo que había pasado entre ustedes estaba bien... No entendí qué. Pero bueno, como te digo, no se le entendía nada. En un momento te llamó con el nombre de otro, Eduardo. Y habló también de una mujer que ni me acuerdo el nombre porque era muy raro. Dijo algo de que estaban en paz. No sé, en ese momento se puso a hablar de una manera rarísima. Era muy lindo todo lo que decía eh, aunque no se le entendiera nada. Sonaba re lindo. Ojalá hubiera podido grabarla. No sabés lo que me arrepiento de no haberla grabado. Si yo hubiera tenido mi celu encima lo hacía, te juro. O si hubiera estado Valentina le hubiera pedido a ella, justo un rato antes ella me había grabado a mí... Lo que pasa es que se tuvo que ir corriendo a la psicóloga porque llegaba tarde y yo me había dejado el celu en mi cuarto. Rarísimo, porque nunca me lo olvido, pero no sé ese día estaba re nervioso, ¡y justo me lo vine a olvidar! Jamás me imaginé que se estaba muriendo, te juro Nico, parecía más viva que nunca. Además yo pensé que cuando volvieras vos mismo ibas a poder explicar todo, y aclararle la confusión. Le explicarías quién era yo, y ella podría volver a decírtelo todo de nuevo. Si hubiera sabido que se estaba muriendo aunque sea hubiera anotado algo para poder contártelo después tal cual. Si hasta tenía mi cuaderno conmigo. Pero no sé, me puse nervioso, no se me ocurrió. En ese momento sólo me dio por acompañarla para que estuviera tranquila, nada más. Cuando yo amagaba con irme o aclarar las cosas se confundía y se ponía re nerviosa, te juro. Tuve miedo de que si no le seguía la corriente se pusiera peor. Qué sé yo, no quería alterarla...

—Estuviste muy bien Panchito, quedate tranquilo. No tenés que darme explicaciones. Sólo me hubiera gustado saber exactamente qué dijo, nada más... Pero vos estuviste perfecto, de eso no tengo duda. Sos un capo Panchito, de verdad. Seguí, lo que te acuerdes...

—Es que no sé Nico... A veces pienso que si hubiera hecho otra cosa, si hubiera llamado a alguien. No sé... Una ambulancia, un vecino... Tal vez hubieran podido salvarla.

—¿Salvarla? ¿Salvarla cómo? Los médicos no pudieron hacer nada por ella en todos estos años. Creeme Panchito, no hubieran podido salvarla. La medicina jamás dio en la tecla con Mariana, y esta no hubiera sido la excepción. Cuando te llega la hora, te llega. Punto. Y no hay nada que podamos hacer para impedirlo. Mariana vivió lo que tenía que vivir, y ahora es libre. Yo lo sé. Justo la noche antes la soñé. Nosotros siempre estuvimos muy conectados sabés. Aunque parecía que ella ya no estaba, en sueños me hablaba. La noche anterior se despidió de mí en un sueño.

—Si ya se había despedido en un sueño, ¿para qué se volvió a despedir? Porque lo que hizo conmigo fue despedirse, definitivamente. De vos, claro. Porque ella creía que yo era vos.

—No sé. La verdad es que no lo sé. Andá a saber... ¿Vos sentiste que se estaba despidiendo?

—Obvio, es lo que estoy tratando de decirte. No me acuerdo bien las palabras, pero lo único que me quedó claro es que se estaba despidiendo, a full. Quería que te quedes tranquilo. Transmitirte que estaba en paz, que había entendido todo. Habló algo de un diseño, un orden o algo así. Insistía en que todo le parecía una belleza. Habló del jardín y de las rosas, dijo que el jardín era una masa y que cada rosa estaba donde tenía que estar. En un momento me avisó que le quedaban unos minutos nomás, y que no le iba a alcanzar el tiempo para decirme todo lo que tenía para decir. Pero yo no me lo tomé muy en serio porque creí que desvariaba, pobre.

—Bueno, ¿ves? Es lo que te digo. Ella sabía, ella estaba lista. Estoy seguro. Lo que me parece increíble es que haya logrado despertarse justo un rato antes, lograr estar aunque sea semilúcida después de tantos años... —Se le quiebra la voz—. Gracias Panchito. Gracias por todo. Por contármelo, por haber estado ahí para acompañarla... —Hace una pausa para recuperarse y le da una palmadita en la espalda—. Que Mariana no haya muerto sola ya era un consuelo para mí, pero saber que en sus últimos minutos estuvo despierta y llegó a ver el jardín, y a despedirse en paz no sabés la felicidad que me da. Sos un pavo che, no sé por qué te costó tanto contármelo, no tiene nada de malo... Al contrario, me encantó. Me hizo mucho bien escucharte. —Nico se acomoda sobre el sillón tirándose hacia atrás. Se lo ve más relajado—. Tenía miedo de que me dijeras que la habías visto asustada o triste, o algo así. Que me hubiera reprochado algo, qué sé yo... La vida no es fácil Panchito. Ya te va a tocar vivirla y vas a descubrirlo. No siempre podemos estar a la altura de las circunstancias sabés. Sostener nuestras promesas. Hacemos lo que podemos y muchas veces herimos al otro con nuestras decisiones, aunque no sea nuestra intención hacerlo. Daños colaterales. Yo la herí a Mariana, lo sé. La herí de muerte y lo lamento en el alma, lo he lamentado siempre. Pero no lo hice a propósito. Si hubiera podido evitarlo lo hubiera hecho. Pero la vida es así. A veces estar vivo y ser sincero y fiel con lo que a uno realmente le pasa implica tomar decisiones que lastiman al otro.

—Yo no entendí casi nada de lo que dijo Mariana. Pero lo que sí entendí es que lo que ella quería trasmitirte era que te perdonaba, que estaba todo bien.

Nicolás frunce los labios en una sonrisa que se transforma en una mueca. Sus ojos vuelven a humedecerse.

—Sos un genio Fran. Y un valiente. Una vez más gracias por contármelo y por acompañar a Mariana en ese momento tan difícil. Sos tan chico... Y te la bancaste como un hombre hecho y derecho. Un groso, de verdad. Yo no creo en las casualidades sabés. Y estoy seguro de que las cosas no pasan por error. Si ella murió al lado tuyo es porque tenía que ser así. Eras vos quien tenía que estar, aunque su confusión pueda parecer un error. El destino tiene una manera misteriosa de acomodar las cosas. Todo lo que pasa tiene un sentido, aunque no sepamos descifrarlo. Uno siempre está donde tiene que estar. Y por algo no me tocó estar a mí.

—Ponele... Ojalá sea como vos decís Nico. Pero hay algo más... —Agrega Panchito casi sin respirar.

Nicolás lo mira asombrado.

—¿Algo más? ¿Qué más...?

—Bueno, me da alta vergüenza decirte esto. No sé cómo encararlo. Pero bueno, ahí va. Como salga. —Traga saliva—. Quería contarte que justo antes de morirse... Además de lo que te conté... Mariana me dio un beso. —Silencio—. Un beso en la boca... ¡Acordate que ella creía que yo era vos! —Se apresura en aclarar frunciendo el entrecejo—. Yo le dije a Mamá Abuela que evidentemente Mariana debe haberte querido muchísimo porque no sabés cómo te miraba. A mí nunca nadie me miró así. Ojalá alguna vez una mina me mire así.

Nicolás sonríe.

—¿Y qué pasó?

—Y... Que al principio me tiré para atrás. ¡Imaginate! Yo nunca me había besado en la boca con nadie. La verdad es que yo estoy muerto con Valentina y lo único que quiero es chaparmela a ella. *Sorry,* pero es así.

—Todo bien Panchito. Entiendo perfecto, a tu edad es así. —Nicolás sonríe—. ¿Entonces...?

—Ponele que me negaba. Ella se iba a dar cuenta de que algo no andaba bien. De hecho cuando me tiré para atrás en el banco no sabés cómo se puso. Se debe haber sentido rechazada, o algo así. Entonces cerré los ojos para poder imaginarme que era Valentina y la besé. Bah, me besó. Porque ella vino a mí. Y yo me dejé besar, obvio.

Nicolás lo escucha con los ojos entornados acariciándose el lóbulo de la oreja. La cabeza ligeramente inclinada hacia atrás.

—Después de besarme se recostó sobre el banco, cerró los ojos y se murió. Fue increíble, te juro. Se murió apoyada sobre mis piernas. Una pibita parecía. Yo le estaba acariciando la cabeza cuando se murió... —Panchito retuerce la manga de su *sweater* y vuelve a tragar saliva—. Fue así Nico, como te cuento. Más detalles no puedo darte. —Suspira—. Ya está, ya te conté todo. No sabés el peso que me saqué de encima contándotelo, te juro. No daba más.

Conmovido, Nicolás se acerca para abrazarlo.

No encuentra las palabras para expresarle lo que siente, ni intenta encontrarlas. Sabe que no existen. Apoya una mano sobre su cabeza y la otra contra su espalda.

Aliviado, Panchito se deja abrazar.

5

El departamento de Nueva York es amplio.

Ella Fitzgerald y Louis Armstrong interpretan a dúo *Summertime* desde un ipod conectado a los poderosos parlantes del living. Nicolás eligió el álbum *Pure Ella* para escucharlo mientras esperaban la llegada de Muriel.

Acomodado sobre el sillón de pana gris Nicolás se sienta sobre su borde mientras Panchito escucha la canción hundido en los almohadones.

Invitaron a comer a Muriel a las ocho.

La luz tenue de unas dicroicas genera un clima cálido e íntimo que ayuda a resaltar la postal citadina del otro lado de los ventanales. Se distingue a lo lejos el Washington Square Park y el Arco de la Libertad.

Panchito escucha con los ojos cerrados. Cada tanto acompaña el ritmo de la música bamboleando la cabeza y marcándolo con los pies. Lleva puesto un jean gastado, una remera negra con una inscripción de Led Zeppelin en la espalda y unas zapatillas blancas.

Nicolás observa atentamente cada una de sus reacciones.

Cuando la canción termina el joven abre los ojos.

—¿Te gustó? —pregunta Nico sonriente.

—Sí. Un flash. Re grosa la negra. Me encantó. Mal.

—Si querés ser músico tenés que aprender a escuchar de todo. Está bueno nutrirte con distintos ritmos hasta encontrar el que llevás dentro.

—A mí me gusta todo Nico, vos sabés.

—Sí. Yo sé. Y ese es un don. Tener la cabeza y el corazón abiertos a la diversidad es un don maravilloso que espero nunca pierdas. La capacidad para captar la belleza en todo lo que nos rodea no te lo enseñan en ningún lado Panchito. O está en vos, o no está. Después estudiar complementa el proceso, obvio. La información académica te ayuda a perfeccionarte y te da herramientas, eso está bueno. De hecho yo creo que cuando uno decide formarse en una disciplina, la que sea, está bueno hacerlo a fondo y con los mejores profesores. Si tenés la oportunidad, obvio. Yo me formé como artista en la Argentina y no me fue nada mal allá también podrías tener una excelente formación. Pero como nosotros vamos a vivir acá tenemos que buscar las mejores oportunidades que haya aquí. Estoy convencido de que sos un gran músico Panchito. Y esta será mi humilde contribución. Muriel va a orientarnos, va a decirnos dónde y con quien formarte. Por eso la invité, para que se conozcan. Vas a ver, es una gran música. Una grosa total como dirías vos. Como del mundillo musical de acá yo no tengo ni idea, ella va a ser nuestra asesora.

—Sí. Ni idea, pero bien que te la pasas escuchando música. Yo crecí escuchando tu música. Tanto, que al final se me terminó metiendo adentro.

—No Panchito, no se te metió adentro. La tenías dentro. Escucharla te lo recordó, nada más. Uno atrae a su vida lo que tiene adentro. Bueno, la idea es que conozcas a Muriel para que te cuente un poco qué onda la movida musical de acá. Ella es una música de toda la vida como vos. Ni bien cumplió la mayoría de edad se rajó de su casa en Boston y se fue a viajar de mochilera por Sudamérica. A los dieciocho años estuvo viviendo en la Argentina. Tiene una historia apasionante, tal vez algún día ella misma te la cuente. La cuestión es que se la pasó recorriendo Sudamérica tocando en la calle y en bares. En la Argentina fue música callejera durante como un año y medio, creo. Además es una apasionada de la cultura andina, vas a ver.

Nicolás se acerca al ipod para bajar un poco el volumen.

—Che, cambiando de tema, ¿a qué hora quedaste en encontrarte mañana con Valentina?

—A las seis de la tarde. Me dijo de encontrarnos recién a esa hora porque ya no hace tanto calor ¿viste? Además iba a estar haciendo *shopping* con la vieja. ¿Te conté que están viviendo acá cerca, en el Soho?

—Sí. Me dijiste. Tendríamos que invitarlas a comer, ¿no? Mamá Abuela podría cocinarles algo rico. Es una buena oportunidad para que se mande alguna de sus comiditas y de paso las conozca ¿no? Pobre, se aburre muchísimo metida acá adentro todo el día Salvo para comprar comida no la vi salir todavía. Me parece que extraña San Fernando y que Nueva York la apabulló un poco.

—Obvio... Mamá Abuela no está apabullada, ¡está apabulladísima! Así que va a estar en llamas de distraerse un poco cocinándose algo especial. Para ella es la mejor terapia. Y Valen y la vieja van a flashear con lo que haga, estoy seguro. Se ve que no quieren joder y por eso me dijeron de encontrarnos en Central Park, cerca de la escultura de *Alice in Wonderland*. ¿Vos sabés dónde queda esa escultura?

—Sí. En el *East*. Cerca del Met.

—Ellas querían alquilar unas bicis para recorrer el parque.

—Yo tengo dos en la baulera. Si querés nosotros también podemos ir en bici. Está buenísimo recorrer el Central Park en bicicleta. Me encanta. En el pico de calor podemos meternos en el Met y salir a andar cuando amaine. Almorzamos ahí, y de paso te muestro el sector egipcio adonde me reencontré con Mariana en los ochenta. ¡Cómo pasaron los años Dios mío! Que impresión. Estamos en el dos mil quince —Nico mira la hora en su iphone—. Acá en julio el calor puede ser demoledor Paquito. No te creas que es siempre así, para nada. Esta no es la mejor época para conocer la ciudad. Pero bueno, tus vacaciones eran ahora y no quería que te quedes libre en el cole. Cuando nos instalemos el año que viene vas a recorrer la ciudad más tranquilo para disfrutarla mejor.

Suena el timbre, Panchito y Nicolás se miran.

—Ya está. Llegó.

Nicolás sonríe.

—No hay caso che, no puede ser puntual. Siempre tiene que llegar antes, o después —señala la pantalla de su celular—, pero nunca a la hora señalada. Llegó media hora antes. Bue, igual vas a ver lo adorable que es.

6

La Fitzgerald canta *Stardust* a media voz.

Pancha se dirige hacia la puerta mientras se seca las manos en su delantal y pispea de reojo su reflejo en el espejo. Se acomoda la trenza antes de abrir la puerta. Está nerviosa.

Nicolás sube la intensidad de las dicroicas con el dimer mientras chequea que todo esté en su sitio. La casa reluce. Hay flores blancas en un florero de cristal y velas aromáticas encendidas sobre la mesa ratona. Moderna y minimalista, la decoración es austera y el tono predominante el blanco. El toque de color lo dan los cuadros. Hay cuadros hasta en el piso.

Panchito se levanta acomodándose la remera por encima del pantalón. Está ansioso.

Francisca abre la puerta. Parada del otro lado Muriel espera a ser atendida con una enorme sonrisa dibujada en el rostro. Su aspecto es imponente. Alta, pelirroja, elegante. Sostiene la cartera en una mano mientras con la otra se arregla el pelo.

—Usted debe ser la famosísima Francisca, ¿me equivoco? —Su pronunciación en español es impecable. Pancha asiente ocultando su sorpresa tras un gesto neutro—. ¡Es un gusto conocerla Francisca! Nicolás me ha hablado tantísimo de usted. —Pancha la observa de pies a cabeza, con desconfianza—. Bien, por supuesto. Muy bien me ha hablado. Me ha dicho que es una excelente cocinera, y que las plantas son su debilidad. Su fama de cocinera es imbatible Pancha. —Se acerca para besarla con

193

cariño—. Yo soy Muriel, encantadísima de conocerla. —Sólo una levísima tonada delata que el español no es su lengua natal.

—El gusto es mío señora —responde Pancha incómoda. Hubiera preferido un simple apretón de manos—. El señor Nicolás la está esperando. —Se apresura en agregar dándole así fin a la conversación. No menciona al Panchito adrede.

A Francisca no le gusta la aparición de Muriel en sus vidas. Menos aún en la vida de su hijo. Nunca entendió cuál era el vínculo del señor Nicolás con esta mujer, pero ahora que la había conocido personalmente menos aún. Algo le decía que estaba lejos de ser inocente. Esta señora era demasiado bonita y exuberante. Vestía como una dama, y olía extraordinariamente bien. Demasiado vistosa para ser una amiga, aunque fuera mayor que él. "Evidentemente al señor siempre le atrajeron las mujeres más grandes. Me pregunto qué opinaría la señora Mariana de esta amistad", refunfuña para sus adentros mientras la acompaña al living. "No me gusta. Nada me gusta. De ninguna manera toleraré a esta señora como patrona, de ninguna manera. Antes me voy".

—Me contó el señor Nicolás que preparas un caldillo de congrio que es una exquisitez Francisca. A ver si algún día intercambiamos recetas, ¿sí? A mí también me gusta el arte culinario, sabes. —Muriel intenta sacar tema mientras se dirigen hacia el living—. Porque la cocina es un arte como cualquier otro, ¿no es cierto?

—Cuando usted lo disponga señora —responde Pancha educada, pero parca. Mientras, piensa: "Antes muerta que darle una receta. Esta mujer no pondrá un pie en mi cocina, ni muerta".

Si bien Francisca es generosa y abierta, con los años se ha ido volviendo cada vez más posesiva con el Panchito. No puede evitarlo. Sabe perfectamente que no debería aferrarse a él como lo hace, pero es lo único que le queda en esta vida y verlo deslizarse inexorablemente tan lejos de ella ha despertado en su interior un torbellino de miedos y dudas.

Desde el instante en que abrió la puerta comprendió que Muriel era el instrumento que el destino había enviado para arrebatárselo. Junto a esta ciudad desquiciada, claro. Una vez que pudo verla y olerla comprendió de inmediato lo que estaba pasando.

El enemigo estaba aquí.

7

Nueva York. 2086 d. C.
Francisca es Adele.
Muriel es Caterine.
Francisco es Stuart.

Desde el momento en que Adele ingresa en la sala Caterine comprende de inmediato que va a perder a su esposo.

Stuart es un hombre desmedidamente ambicioso. La fusión entre las dos compañías significa mucho para él, y no estaba dispuesto a permitir que nada se interpusiera en su camino, ni siquiera ella. Era un negocio millonario, la oportunidad de su vida.

La sala de reuniones es amplia y luminosa. A través de los inmensos ventanales se divisa el río Hudson a lo lejos. Sentados con sus abogados frente a una gran mesa negra la pareja está chequeando los contratos en una pantalla en la pared cuando ingresa Adele acompañada por dos de sus letrados.

—No me dijiste que tu nueva socia fuera tan bonita —le susurra con ironía Caterine a su esposo mientras se levantan para saludarla. Primero se saludan los abogados, luego ellos.

—¿No? No lo había notado… Es que sólo me he comunicado con ella a través de redes… Es más bonita en persona, es verdad —responde intentando restarle importancia al asunto.

En ese instante ella comprende la gravedad de la situación.

Adele se acerca al matrimonio con la mano extendida. El vestido blanco y entallado resalta maravillosamente su voluptuosa figura y su pelo rubio recogido en una colita le da un aire juvenil. Es nórdica. Bonita. Joven. Mucho más joven.

Stuart toma su mano nervioso, pero decidido.

Ella baja la mirada tímidamente.

Los dos sonríen manteniendo el apretón de manos más allá de lo necesario.

Caterine traga saliva y cierra los ojos.

El mundo se le cae encima.

8

Panchito y Nicolás están sentados sobre un banco de piedra en el sector egipcio del Met. El mismo banco donde treinta años atrás se reencontraran Mariana y Nicolás.

—Muriel está impresionada con tu talento Panchito. Me dijo que te consiguió para que tengas una audición en la Juilliard antes de volvernos a Buenos Aires. Tenés que presentar un material grabado para audicionar, pero aunque no lo hayas hecho igual te quieren conocer. Siempre es mejor que te conozcan personalmente. No es lo mismo, ¿viste? Ella tiene un contacto re groso ahí. Necesitás una carta de recomendación para que siquiera te consideren. La Juilliard es una de las escuelas de artes más importante en Estados Unidos y es re difícil entrar. Sólo entra un seis por ciento de los que se postulan, pero yo estoy seguro de que vos tenés con qué para quedar dentro de ese seis por ciento. Se llama *School of Arts* justamente porque se dedican al teatro, la danza y la música. Ahí te pueden dar una excelente formación. Podrías empezar ni bien termines el cole, porque hay que postularse un tiempo antes. ¿Qué decís campeón? Estaba esperando que estuviera todo cocinado para contártelo. Muriel me lo acaba de confirmar por Wap.

Francisco se muestra impávido. Nicolás supone que estará necesitando darse tiempo para asimilar la noticia.

—Qué curioso que llegue esta noticia justo en el lugar adonde a mí también me cambió la vida hace tantos años, ¿no? Acá, en el Met. Me parece fantástica esta coincidencia. Toda una señal… Che, es un notición. ¿No estás contento Panchito? —pregunta sorprendido ante su falta de reacción.

—¡Obvio Nico! Re feliz estoy. Es un flash todo lo que está pasando… Todavía no lo puedo creer, te juro… —Panchito duda—. ¿Pero qué dirá Mamá Abuela? No sé si está del todo de acuerdo. Y vos viste cómo es esto, tampoco da para desobedecerle… Yo le debo mucho, ¿viste? No da cagarme en ella ahora.

—Pero por supuesto Panchito. Quedate tranquilo. Me parece muy bien que no quieras desobedecer a tu abuela. Yo tampoco la quiero pasar por encima. Dejamelo a mí que yo la voy a convencer, vas a ver.

—Yo sé que es un faso, ya sé. Pero qué le voy a hacer. Es mi vieja viste. Yo la quiero. Me enerva que no entienda nada, pero no puedo deshacerme de ella. Y si no quiere venirse a vivir con nosotros acá yo no puedo dejarla en Buenos Aires. Tenés que convencerla Nico. *Please*.

—Mirá Panchito, una oportunidad así no se da muchas veces en la vida. Y tu madre lo sabe, no es tonta. Por más que le cueste un montón, quiere lo mejor para vos y va a aceptar. Así es el amor Paco, enfrentamos nuestros miedos y aprendemos a soltar lo que sea por el bien del otro. Eso es amor. Y tu madre te ama, me consta.

Panchito lo interrumpe agarrándolo del brazo.

—Boludo, no lo puedo creer. Es joda… Te juro que no puedo creer lo que estoy viendo. *Sorry* por lo de boludo, ¡pero es que no lo puedo creer!

—¿De qué hablas Panchito? ¿Qué es lo que no podés creer? Tampoco es tan increíble che… —dice Nico desorientado—. Vos te lo merecés.

—No, ya sé. Pero mirá, mirá esa pibita que está ahí… ¡Es Valentina! —La señala disimuladamente con la cabeza—. Allá, en la fuente, con su vieja. ¿Podés creer la casualidad? Están tirando monedas en la fuente… ¿Las ves? —Nicolás asiente—. ¡No lo puedo creer! Esto es un flash, mal. No me dijo que iba a venir al museo. Yo entendí que iban a estar andando en bici en el Central Park. Mirá lo que es Nico... ¿No es una diosa? Me muero.

—Sí. La verdad que es linda. Evidentemente tuvieron la misma idea. Hace un calor espantoso para andar en bici y vinieron a refugiarse al Met. Vení, acerquémonos. Vamos a saludarlas.

Pancho lo agarra del brazo intentando disuadirlo.

—¡No! Mirá si piensan que las estamos siguiendo. Me muero.

—Pero no seas pavote, che ¡por Dios! ¿Cómo van a pensar que las estamos siguiendo? Este es un mensaje del destino amigo, ¿no se da cuenta? Las casualidades no existen. —Sonríe—. Vamos... ¡Valor compañero, usted puede! —Se levanta obligándolo a pararse.

Cuando Valentina lo ve acercarse levanta los brazos con asombro y alegría.

—¡Franchesco...! No lo puedo creer. ¡Boludo! —Se abalanza sobre él para abrazarlo. La joven es espontánea y cariñosa. Panchito no está acostumbrado a semejantes demostraciones de afecto y se echa ligeramente hacia atrás con los brazos colgando.

—Boludo, abrazame... ¡No me vas a dejar acá clavada abrazándote sola!

—*Sorry* Valen, me ponés nervioso —responde sonrojándose y abrazándola torpemente. Valentina sonríe.

—Bueno, pero conmigo nada de andar poniéndose nervioso. No seas *nerd*, ¿querés? —Lo suelta—. ¿No te parece increíble que justo nos hayamos encontrado acá casi cuatro horas antes de lo que habíamos dicho? Es un flash boludo. Me encantó.

De pronto caen en la cuenta de que Nicolás y su madre están parados a un costado mirándolos y sonriéndose cómplices. Panchito entra en pánico, pero Valentina toma las riendas de la situación.

—Hola Nicolás. —Se acerca para saludarlo con un beso en la mejilla—. Yo soy Valentina. Ustedes ya se saludaron, ¿no? ¿Se conocen del barrio? —Dice mirando respectivamente a su madre y a Nicolás.

—Nos cruzamos un montón de veces, pero increíblemente nunca tuvimos el placer de presentarnos formalmente —dice Nicolás—. Hola. Yo soy Nicolás Urrutia, tu vecino en Buenos Aires y el papá de Paco. —Mientras se acerca para darle un beso en la mejilla observa de reojo a Panchito y le sonríe guiñándole un ojo—. Vos evidentemente debes de ser la mamá de Valentina. ¡Son idénticas!

Pancho lo escucha conmocionado. "Acaba de decir papá... ¿Habré escuchado bien? ¡Jodeme! ¿Dijo papá?". Se pregunta en estado de shock. "No lo puedo creer. ¿Será un sueño?", siente que la felicidad no le entra en el cuerpo.

—Sí. Soy la mamá de Valentina, Soledad Saforcada. ¿Qué tal? ¿Cómo están? Genial la coincidencia, ¿no? Quería mostrarle a Valen este sector del Met. Es uno de mis lugares preferidos en New York y estábamos esperando a que amaine un poco el calor para alquilar unas bicis y recorrer Central Park.

—Tuvimos la misma idea. Nosotros vinimos en bici desde casa. Podemos prestárselas un rato si quieren, así no tienen que bajar hasta la cincuenta y nueve a alquilarlas. Total, nosotros las podemos usar en cualquier momento ¿no Paquito? —dice Nicolás girándose sobre sí mismo buscando su aprobación.

—Obvio. Usen nuestras bicis y nos encontramos más tarde cerca de la estatua de Alice in Wonderland —dice Panchito.

Valentina y su madre se miran.

—Gracias, pero me da no sé qué que las usemos nosotras y ustedes se queden sin programa. ¡Me parece que no da! —dice Soledad.

Nicolás retruca:

—Para nada. Por supuesto que sí. Es más, si te parece recorremos un poco el museo juntos y después vamos al parque con los chicos y que ellos anden en bici tranquilos mientras nosotros caminamos un poco. Así aprovechan. ¿Qué te parece?

Soledad mira a Valentina.

—¿Qué decís linda?

—¡Me encanto mamu! ¡Obvio! Mucho más divertido. ¿A vos te va Franchesco? ¿Tas para andar en bici conmigo?

—¡Re!

—Bueno, si no se alejan demasiado por mí está bien —dice Soledad—. Pero se tienen que mantener cerca. ¿Okey? ¿Estamos de acuerdo? —Panchito y Valentina asienten—. Además nos tienen que prometer que no van a siquiera pensar en alejarse del parque —agrega ansiosa.

—¡Obvio! —contestan los dos al mismo tiempo. Se miran y se ríen, chocando las manos.

—Okey. Tenemos el programa armado entonces —dice Nico—. Nosotros ya almorzamos, ¿ustedes?

—Sí. Almorzamos algo antes de salir.

—Buenísimo. Si quieren podemos tomar un cafecito en la cafetería del museo. No sé si ya estuvieron en la retrospectiva de Julia Cameron. Es una fotógrafa maravillosa. Si no la vieron me encantaría mostrárselas, está en el segundo piso. Podríamos subir después del cafecito.

—¡Por supuesto! Además de querer mostrarle el Met a Valen vine especialmente para ver esa retrospectiva. Amo sus fotos, me llegan al alma. De hecho estábamos por subir. Será un lujo verla acompañada por un artista como vos Nicolás. Me gustan mucho tus cuadros, de verdad —dice Soledad venciendo la timidez—. Y lo que hiciste con tu casa es alucinante...

La corriente de entusiasmo en el grupo es innegable.

9

—Después de la función Mamá Abuela va a estar esperándonos con algo rico. Hace años que no voy al Festival de *Shakespeare in the Park*, me encanta este programa. Vas a ver, es un programón.

Nicolás y Francisco se dirigen en taxi hacia el Delacorte Theatre. Como hay mucho tráfico el auto transita a paso de hombre. El conductor está de mal humor, se queja en otro idioma pero ellos deciden ignorarlo.

—Lástima la obra. ¿No será medio embole? Romeo y Julieta...

—Es un clásico Paco. Por algo los clásicos sobreviven al paso del tiempo. Vas a ver, está buena. No hay nada nuevo bajo el sol, las historias humanas se vienen repitiendo desde siempre, tristemente. Para mi gusto hasta el cansancio. Pero Shakespeare tuvo el talento para plasmar esos argumentos arquetípicos con una poética maravillosa. La pasión desenfrenada, los malos entendidos, el miedo. Ya vas a ver, a Valentina y a Soledad les va a encantar. Estoy seguro. Es un golazo de media cancha este programa, creeme.

—Todo sea por Valentina. ¿Viste lo que es? ¿No es una diosa?

—Sí. La verdad que sí, además es espontánea y desenvuelta. Me gusta. Y la mamá también. La pasamos re bien el otro día. No sabía que era fotógrafa...

—No me digas que tenés onda con la mamá de Valentina porque me muero Nico. Mirá que no sé si está bueno eh... Acaba de separarse de su papá, y Valen está re triste y media traumada.

—¡Pero no! Tranquilo campeón. ¿De dónde sacaste semejante idea? Es un lindo grupete el que se armó. Nada más.

—Ah, bueno. No sé, me pareció. Pero bueno, todo bien. Sólo que me parece que no da.

"Es increíble lo rápidos que son estos chicos", piensa Nico mientras observa la ciudad a través de la ventanilla del taxi esperando el momento para encarar la charla. Este embotellamiento podría resultar una excelente oportunidad. Las mejores charlas se dan en los autos.

—Paquito, quería contarte que al final hoy hablé con tu madre. Ella va a hablar más tarde con vos, porque quedamos en que primero iba a hablarte yo. Pero quiero que sepas antes que nada que nuestra conversación resultó súper fructífera y que están re buenas todas las conclusiones a las que llegamos.

—¿Qué quiere decir fructífera?

—Positiva. Que dio frutos.

—Ah... ¡Qué bueno! ¿La viste más convencida? ¿Le contaste lo de la Juilliard? ¿La pudiste convencer? ¿Qué dijo? —Panchito está ansioso, quiere saberlo todo al mismo tiempo.

—Uy. Tranquilo macho. ¡Una pregunta a la vez! —Nicolás sonríe—. Sí. La convencí. Al principio no fue fácil. Pero como te dije el otro día, ella te quiere un montón y quiere lo mejor para vos. Le mostré los folletos y se quedó impresionada. Viste que a ella la compu mucho no le va, necesita fotos, papel que pueda palpar. Le expliqué lo que podría significar para vos esta oportunidad y me dijo que estaba dispuesta a mudarse con nosotros el año que viene. Terminarías este año el cole allá, y en el dos mil dieciséis nos instalamos acá.

—Uau. Qué alivio Nico. No sé cómo lograste convencerla... Pero lo importante es que lo hiciste. Sos un capo. No sabés el peso que me sacás de encima.

—Y hay otra cosa.

—¿Otra cosa...? ¿Qué cosa?

—Sí. ¿Viste cuando nos encontramos con Valen y su mamá

en el museo el otro día que a mí me salió del alma presentarme como tu papá?

Panchito sonríe y baja la mirada retorciendo su pantalón.

—Sí...

—Bueno. Me quedé pensando. Mucho me quedé pensando en realidad. Yo no tuve hijos biológicos Paco, ni creo que vaya a tenerlos. Es algo que por distintas circunstancias no se me dio Pero bueno, el destino te trajo a vos. Y así, casi sin darnos cuenta fuiste transformándote en un hijo, ¿no? Por eso el otro día me salió tan del alma presentarme como tu papá.

Panchito intenta controlar sus emociones. Decide concentrarse en poner todo su empeño en retorcer sus pantalones así no llora.

—Bueno, no voy a dar más vueltas. Quiero adoptarte Panchito. Sin pasar por encima de tu madre, obvio. Los dos llegamos a la conclusión de que es la mejor opción para todos. Ella está preocupada por su edad, sabés. Siente que está vieja. Y yo quiero asegurarme de que el día que ella ya no esté podamos seguir juntos sin complicaciones legales.

Panchito no logra contenerse más e irrumpe en llanto.

—¿Pero qué pasa Paquito? —Se acerca a él—. ¿No estás contento? No te angusties por lo de Mamá Abuela, es una hipótesis lo de que podría pasarle algo. Ella está perfecta, no te pongas triste al cuete che... —Le acaricia el pelo—. ¿No querés que sea tu papá? —Le habla con ternura—. Esto no cambiaría nada, es sólo un tema legal. Nada más...

—No Nico... Claro que estoy contento —dice Francisco sollozando—. Cómo no voy a estar contento, re contento estoy. Lloro de felicidad nomás, y de nervios. Es que no lo puedo creer, te juro.

Nicolás lo empuja contra su pecho tomando su cabeza en sus manos. Luego lo abraza y cierra los ojos hundiendo el mentón en su pelo.

—Yo también estoy contento che, y re orgulloso de tener la oportunidad de ser tu papá. —Luego lo mira a los ojos—.Es un honor, de verdad. –Ahora toma su cara entre las manos y le seca las lágrimas con los pulgares—. Vos sos Francisco Peñalba y vas a seguir siéndolo siempre Panchito. Yo voy a honrar y respetar eso toda mi vida. No pretendo cambiarlo. Sólo quiero protegernos legalmente para poder seguir siendo una familia siempre, pase lo que pase. Hace mucho que ya lo somos, pero quiero que la justicia lo ratifique. Nada más.

Panchito se acurruca contra él y llora.

Llora de emoción y de alegría. Llora dolores antiguos, escondidos en lugares de su cuerpo que ni siquiera él conocía. Llora la tristeza que hasta entonces no se había permitido sentir, el dolor de la orfandad, la alegría del reencuentro. Lo llora todo de una vez.

Y Nicolás llora con él.

<hr>

10

—¿Te gusto Valenchu?

—Boludo, un flash. Me encantó. ¿A vos?

—Estuvo bueno. No le tenía mucha fe al programa, la verdad. Pero no estuvo nada mal. Nico me había dicho que a ustedes les iba a encantar. Pero qué se yo Romeo y Julieta, ¿viste? Suena a un torre de viejos, mal. ¿No? Pero al final la verdad que estuvo bueno.

Francisco y Valentina caminan por la vereda de la Quinta avenida.

A pesar de tener dos años menos Panchito es un mucho más alto que ella. Camina con las manos metidas dentro de sus pantalones queriendo mostrándose desenvuelto. Ya no es el niño de hace unos meses. Acompañarla a morir a Mariana funcionó como un rito de iniciación en el que dejó la infancia atrás transformándolo en un hombre.

Valentina camina a su lado encantada con el programa y con la compañía. Lleva puestos unos shorts muy cortos de tiro alto que muestran la totalidad de sus piernas doradas; una blusa blanca y unas plataformas altísimas que la ayudan a conservar la dignidad ante su amigo. Se siente cómoda, contenta. Entusiasmada.

—Sí. Estuvo buenísimo. Y encima ahora vamos a conocer el mega depto de Nico. Y Panchita nos va a cocinar una súper comida chilena. Todo re top lo nuestro.

—Tal cual. Vas a ver lo que es el depto. Lo más. —Francisco patea una piedrita y se detiene arrastrando un pie en el aire—. Che... ¿Viste que hoy con Nico bajamos un poco trastornados del taxi cuando llegamos al teatro? —Retoma la caminata—. No era sólo por llegar medio tarde, aunque hayamos puesto esa excusa.

—Sí. Con mamá nos dimos cuenta. Nos pareció que algo raro pasaba, pero no quisimos preguntar. Para no joder viste.

—Sí. Nada malo eh, al revés. Todo más que bien. Pero todavía estoy medio shockeado. Tendría que hablarlo con Mamá Abuela antes de contártelo a vos, pero bueno, no aguanto la ansiedad che. Te lo cuento a vos antes que a nadie. Parece que Nico me va a adoptar. Ella ya lo sabe y está de acuerdo, pero nosotros todavía no lo hablamos.

Valentina se lleva las manos a la boca.

—¡Boludo! ¡No lo puedo creer! Te felicito Franchesco. Es muy grosso lo que me estás contando.

—Sí. Ya sé. Esto sí que no me lo esperaba. Este año no paran de pasarme cosas. No sé qué estará pasando boluda, en cualquier momento chocan los planetas. Te juro. —Mira hacia el cielo—. Es un flash total.

Valentina se acerca y lo abraza.

Nicolás y Soledad vienen caminando unos metros atrás y cuando los ven abrazándose detienen el paso. Nico sonríe cómplice. Soledad supone que él sabe lo que está pasando, pero no se anima a preguntarle.

Luego de unos segundos las dos parejas retoman el paso. Los jóvenes primero.

—Además me consiguió una audición para ver si puedo entrar en la Juilliard para estudiar ahí. El año que viene tendríamos que venirnos a vivir acá. Con Mamá Abuela, obvio. Ni loco la dejo. Parece que podría terminar el cole en algún colegio de por acá y después empezar a estudiar en esta mega escuela de artes que es re grosa.

—Uau Franchesco. Me dejás muda. Te juro, no lo puedo creer. Estoy feliz por vos. Yo te dije desde el vamos que te ibas para arriba. Y mirá, en menos de un año acá estás. Es impresionante.

—Panchito le sonríe y vuelve a patear una piedrita.

—Ay Valenchu, sos una exagerada.

—No, te juro. Vas a ver. Es así como yo te digo. Lo único que me da pena es que no me vas a dar más bola. Justo ahora que nos hicimos amigos... no nos vamos a ver más. Que cagada che.

—Pero re podemos seguir viéndonos. Yo voy a seguir yendo a Buenos Aires. Nico no piensa vender la casa. Y vos podes venir a visitarnos cuando quieras. Hay re lugar para instalarte en nuestro súper depto cuando quieras. Vas a ver, es enorme. Y Nico es re gamba. Podés venir cuando quieras, de verdad.

Valentina se sonríe y pasa el brazo por encima de su amigo. Caminan en silencio.

Panchito quisiera quedarse a vivir dentro de este momento, pero Nicolás les avisa que consiguió un taxi. Soledad ya está sentada dentro de él, y él está parado sobre el cordón de la vereda sosteniendo la puerta abierta.

Suben sin imaginar lo que les espera.

11

Soledad y Valentina recorren el living comentando lo bonito que es todo, especialmente los cuadros. Panchito las sigue con la mirada y Nicolás agarra su tablet para seleccionar una canción de Eva Cassidy en su lista de reproducciones. Luego enciende las dicroicas para iluminar los cuadros.

La voz angelical de Eva interpretando Fields of Gold invade la sala.

—Qué raro que Pancha no haya prendido estas luces... En general nos recibe con todo súper iluminado. Y no huelo olor a comida tampoco che... Es rarísimo. Voy a ver qué pasa. Espérenme un minuto, ¿sí? Por favor. Pónganse cómodas chicas.

Panchito está tan abstraído con la idea de que Valentina finalmente esté en su casa que no repara en los detalles que acaba de señalar Nicolás.

—Por supuesto Nico, andá tranquilo. Nosotros te esperamos acá disfrutando de tu living que es una maravilla —dice Soledad acercándose al ventanal para mirar hacia el exterior—. Te felicito. Y la vista es espectacular.

—Gracias —responde Nico desapareciendo con inquietud tras el pasillo—. Ya vuelvo.

Panchito ocupa un lugar en el sillón con la ilusión de que Valentina venga a sentarse a su lado.

—Van a ver qué rica es la comida que hace Mamá Abuela.

—Sí, me contó Valen. Yo estoy queriendo aprender a cocinar.

Es una asignatura pendiente que ahora que me separé estoy decidida a encarar. — Soledad se sienta en el sillón de enfrente—. Tal vez Pancha pueda pasarme una receta.

—No te vendría nada mal mamucha. La verdad que estoy podrida de comer siempre lo mismo. Podrías pedirle a Pancha un par de recetas a ver si así dejas de torturarnos siempre con lo mismo, ¿no? En cualquier momento me salen alas de comer tanto pollo.

Panchito se ríe.

—En cualquier momento te salen alas porque sos un angelito Valenchu... —dice burlón.

Festejan el chiste con risotadas cuando inesperadamente reaparece Nicolás por el pasillo, pálido.

—Che Panchito... Vení para acá. Acercate un minuto.

Francisco siente que se le hiela la sangre. La voz de Nicolás suena metálica y desconocida. Esa voz no podía traer más que malas noticias.

De pronto todos los indicios que hasta entonces le habían pasado inadvertidos se agolpan en su mente. Las luces apagadas. La falta de olor a comida. El silencio.

—¿Qué pasa Nico...?

—Vení Paquito. Acercate.

Panchito se levanta y camina lentamente hacia él escudriñando en su mirada.

—¿Qué pasa Nico? No me asustes...

Nicolás pasa un brazo sobre su hombro y lo abraza.

Francisco se deja abrazar con los brazos colgando a los costados, dándose tiempo para asimilar lo que está pasando.

Soledad se acerca a Valentina para tomarla de las manos.

—Bueno Panchito, escuchame bien. Es importante que trates de estar tranquilo porque tengo algo muy importante para decirte. ¿Sí?

—¿Es sobre Mamá Abuela...? No Nico, decime que no, *please*. Si es sobre Mamá Abuela decime que no...

Nicolás asiente en silencio.

—Sí Francisco. Es sobre Mamá Abuela. Ya llamé la ambulancia, pero me parece que no van a poder hacer nada...

Panchito irrumpe en llanto y Valentina corre a su lado. Se abrazan de a tres.

Un abrazo apretado.

12

El calor húmedo de Buenos Aires en febrero puede ser fatal.

Francisco se refugia todo el día en su cuarto con el aire acondicionado encendido, pero ahora que el sol ha caído decide ir a pasear a la plaza.

Mañana se va a Nueva York y no sabe cuándo va a volver, así que quiere despedirse allí del barrio.

Melancólico, camina alrededor de la pequeña plaza con la guitarra bajo el brazo. Tiene puesta una remera azul francia con el logo de los Rolling Stones en el pecho, unas bermudas negras y unas ojotas blancas. Los árboles le resultan pequeños, como si se hubieran encogido. Recuerda cómo acompañaba aquí a la Pancha y a Mariana a hacer sus ejercicios matutinos. Cuando era un niño, y todo le parecía inmenso y eterno.

Se detiene ante la ermita de la virgen de Schoënstatt. Registra los pequeños detalles en los que nunca había reparado antes: los restos de velas, las flores secas y las ofrendas. Los examina con detenimiento, como si pudiera hallar rastros de su madre en ellos.

Sonríe.

"Mamá Abuela traía velas y le rezaba acá a la virgen. ¿Me escuchará posta si le hablo?", se pregunta.

—Mamá Abuela, yo sé que adonde sea que usted esté, si le hablo va a escucharme. Y si hay un lugar en este mundo adonde le gustaría volver a encontrarse conmigo es acá, en esta plaza. Yo no puedo volver a ir al Pacífico, el muelle adonde fuimos a tirar sus cenizas queda demasiado lejos. Así que me despido de usted acá. De Mariana ya me despedí en su banco. —Se aferra a su guitarra—. Necesito que me dé su bendición Mamacita. Yo sé que la tengo, que usted está de acuerdo con que Nico me adopte y me lleve a vivir a Estados Unidos. Pero me mata que se haya muerto sin llegar a decírmelo, cara a cara. ¿Justo esa noche le tenía que venir a dar el infarto? Hubiera querido escucharla aunque sea una vez. Pero bueno, es así. Eso ya no podemos cambiarlo, ¿no? Tal vez la virgen me pueda hacer llegar sus bendiciones Mamacita. Yo voy a estar atento sabe. Toda la vida voy a estar atento, se lo juro. Y agradecido. Créame. La quiero.

Se le quiebra la voz y calla.

Sentándose en posición india frente a la imagen de la virgen apoya la guitarra en el hueco entre sus piernas y respira profundo disponiéndose a tocar.

La música impregna la plaza.

Valentina, que viene caminando por la calle Don Orione con sus libros bajo el brazo, lo escucha y no lo duda un instante: es él quien toca. Está a una cuadra de distancia así que decide apurar el paso para no perdérselo. Al llegar a la altura de los adoquines que bordean la pequeña plaza se detiene agitada.

Panchito toca con los ojos cerrados.

Se acerca despacio para no interrumpirlo y se acomoda bajo el viejo ceibo, a unos metros de distancia. Desde allí va a poder escucharlo sin molestar.

Panchito toca como nunca. Improvisa. Las melodías fluyen desde lo más profundo de su ser. Quiere que le lleguen a su madre y se nota. La música es gloriosa.

Valentina contiene la respiración.

Cuando termina el silencio invade la plaza. Un silencio cargado de resonancias, extraordinario y liviano. Hasta las hojas de los árboles en sus ramas parecen detenidas en el tiempo para dejarse impregnar por él.

La joven deja pasar unos segundos y luego comienza a aplaudir frenéticamente. Panchito abre los ojos y se gira. Cuando comprende quién le está aplaudiendo se levanta. Camina hacia ella.

Valentina se levanta también acomodándose la falda sin soltar los libros. Lo espera. Al llegar adonde está ella él apoya la guitarra contra el árbol y se planta decidido. Se acerca un poco, la toma de las manos y juega con sus dedos acariciándoselos.

Sonríen. De pronto el contacto se vuelve erótico. Él se pone nervioso y ella lo suelta, incómoda.

—Me voy mañana Valenchu. No sabía cómo decírtelo antes, sorry... Pero me voy.

—Sí. Ya sé. Me contó mamá. Nicolás quiere pasar su cumple allá. Me quiero morir boludo, te voy a re extrañar...

Francisco la interrumpe y con un gesto brusco la abraza. La guitarra y los libros caen al suelo, pero no se inmuta. No piensa soltarla. Se sumerge en su cuello susurrándole palabras de amor no planeadas, desconocidas.

Receptiva, Valentina se deja abrazar.

Comienzos y finales.
Encuentros y despedidas.

QUINTA PARTE

Una vida paralela

1

Cartagena de las Indias, Colombia.
28 de octubre de 1986.
En esta vida Mariana es una versión idéntica a sí misma, pero distinta.
Nicolás también.
Gabriel es Gabriel.

Hace años que Mariana trabaja en la antigua librería dentro de la ciudad amurallada.

Su puerta de ingreso es artesanal, de roble eslavonia y vidrio repartido. A pocos metros de la entrada hay una barra con cuatro banquetas adonde los clientes se sientan para pedir un café o un licuado, mientras hojean un libro o una revista de arquitectura.

El lugar es enorme y está repleto de anaqueles con ejemplares de todo el mundo. Particularmente autores latinoamericanos. También hay pequeñas mesas redondas con sillas esparcidas a lo largo del salón. Las paredes pintadas color ocre exhiben cuadros de mujeres desnudas y escritores famosos.

El lugar es un auténtico refugio donde se respira arte y alegría. Y la responsable de este clima afable es Mariana, una versión encantadora de Mariana. En esta vida ella es la alma mater del lugar.

Tiene cuarenta y dos años, es rubia, bonita, y de ojos azules. A primer vistazo parece idéntica a otras versiones de Mariana, pero su gestualidad es completamente distinta. No hay miedo en su mi-

rada. El dolor la atraviesa sin apresarla. El entusiasmo la hace parecer ágil y liviana. Jovial. Se viste con coloridas polleras de seda y tops sensuales que dejan al descubierto sus hombros siempre tostados por el sol. El vestuario se completa con sus infaltables pulseras y collares traídos de la India.

Todos la conocen y la respetan dentro de la ciudad amurallada. Hablar con ella es como hablar con una amiga, aun para los desconocidos que están de paso por la ciudad.

Hace años que su vida transcurre apaciblemente dentro de estas cuatro paredes. Arribó a Cartagena hace más de doce años y nunca más se fue. Estaba de vacaciones, pero decidió que este sería su lugar en el mundo y que haría de él su hogar. "La familia y las raíces están donde el alma te lleve", explicaba cada vez que alguien cuestionaba su decisión, tan radical como inesperada.

Regresó a la Argentina para despedirse de los suyos y de una historia largamente triste y se instaló aquí, adonde decidió ser feliz. Al comienzo la contrataron para manejar la barra, pero al descubrir su talento para hacer sentir cómodos a los clientes e impregnar el lugar con su belleza el dueño fue dándole cada vez más responsabilidades. Hasta que un día tuvo que viajar a Costa Rica por temas familiares y la asoció, dejando la librería en sus manos. Ahora es ella quien maneja el negocio. Lo redecoró para transformarlo en este espacio mágico, punto de encuentro indiscutido para locales y turistas.

Hoy Mariana lee una novela tras la barra. En general aprovecha los tiempos muertos para leer, y la está terminado. Es la historia de amor entre un joven que tiene memoria absoluta y una mujer que no quiere recordar. El ejemplar llegó a su librería hace más de tres meses, y descansó sobre uno de sus anaqueles hasta que un día la misteriosa mujer desnuda en la tapa captó su atención.

Le gusta leer los libros antes de venderlos para poder recomendárselos a sus clientes. El que considere más propicio. Está convencida del poder sanador de las palabras, el arte y la poesía; y si bien dejó de ejercer su profesión como psicóloga hace años esta es su manera de seguir ejerciendo el servicio.

Prescribe libros.

Escucha las historias de sus clientes y luego les sugiere un autor. La sabiduría con que lo hace le ha valido fama de sanadora. Todos acuden a ella para encontrarse con "su" libro.

Después de tantos años ayudando a otros a encontrarse con su libro ella acaba de encontrarse con el suyo. Llorando, cierra las páginas de Detrás del mar.

Acaricia suavemente la espalda de la mujer con las yemas de sus dedos mientras sus lágrimas caen sobre ella, mojándola. Espera unos instantes y abre el libro buscando la foto de su autora en la solapa. La observa. Sus ojos le resultan familiares. Es argentina, como ella. De su edad. De hecho nacieron el mismo año.

Las repercusiones de esta novela la han dejado perpleja. Sumergida en sus páginas y en los sueños de Mariana la atraviesa un mar de resonancias. Porque así se llama la protagonista de esta historia, Mariana. Milagrosamente igual que ella. Mariana Iturralde.

Mientras reflexiona sobre la trama en sus múltiples dimensiones intenta acomodar el alma en el cuerpo. Intuye que las coincidencias entre la protagonista y ella tienen un sentido, aunque no logre descifrar cuál.

Observa de nuevo la tapa, apoya allí sus manos intentando absorber la complejidad de este momento. La aparición de Muriel en la historia la enojó, mucho. La enfermedad de Mariana la entristeció, una tristeza más allá de lo comprensible. Un dolor presente y real, como si se tratara de la enfermedad de una hija o una hermana, no del personaje de un libro.

Sin embargo a pesar del dolor y del enojo percibe con certeza que por encima de todo cada una de las piezas encaja en su sitio, y que el diseño que forman entre todas es bello y perfecto.

Se entrega a esa certeza.

2

Dudoso, Nicolás apoya una mano sobre el picaporte. No sabe si entrar o no a la librería.

Viene del barbero, le quedan sólo dos horas antes de tomar su avión rumbo a Panamá y no está seguro de cómo aprovecharlas. Alguien en el congreso le recomendó este lugar, pero no sabe si encerrarse en un lugar cerrado el tiempo que le queda en Cartagena, o salir a recorrer un poco más.

Mientras lo piensa se tantea la piel recién rasurada de la barbilla. Está contento con la experiencia de haberle entregado el cuello a un extraño, el necesario ejercicio de la confianza. En Viena ya no existen los barberos, sólo en una ciudad mágica y antigua como esta alguien podía conservar este oficio. El sillón adonde se entregó era reclinable y su cuero estaba ajado. Mientras la navaja acariciaba su cuello sus dedos inquietos recorrían las hendiduras en el cuero para calmar la ansiedad.

La imagen de un cuadro apoyado sobre un espejo circular ante él se le mezcló en la mente con las imágenes de un sueño de anoche. El cuadro era una réplica del Sagrado Corazón de Jesús. Jesús con los brazos extendidos desplegando los siete rayos de colores desde el centro de su pecho. Nicolás lo miró sin reparar del todo en él, porque las imágenes del sueño se interponían en su cabeza. En el sueño una mujer un poco más joven que su madre pero rubia y bonita se le acercaba con un libro en las manos. Resplandecía. Luego se apoyaba contra su pecho con nostalgia, como despidiéndose.

Despertó sintiendo su calor en el cuerpo.

"Nicolás, mi amor, mi vida —Le decía la mujer justo antes de despertarse—. Estamos listos". Mirándolo a los ojos le sonrió con dulzura y se desvaneció, dejando una estela de humo blanco tras de sí.

A pesar de que aún podía percibir su aroma, ella ya no estaba. Se desdibujó dejándole una extraña sensación de paz y ausencia.

—Aquí tiene joven, ha quedado como nuevo —dijo orgulloso el barbero señalándole su cara en el espejo—. Listo para empezar una nueva vida. Porque cuando alguien hace un cambio así, no puede ser de otra manera.

Nicolás ha cargado una espesa barba durante años, y al mirarse al espejo se sorprende. Recién rasurado parecía más joven, como si los años no hubieran pasado. Era asombroso reencontrarse con sus facciones después de tanto tiempo.

—Gracias… No está tan mal después de todo. Para volver a empezar, digo… —Sonrió algo avergonzado. Era un hombre extraordinariamente bien parecido, y esto siempre lo había hecho sentir como si tuviera que pedir disculpas por ello.

Al salir del barbero buscó la Calle de la Iglesia hasta llegar a la Calle de la Mantilla, la esquina adonde le indicaron que quedaba la antigua librería.

Ama los libros, y la idea de sumergirse en la lectura termina por tentarlo más que el plan de seguir recorriendo la ciudad. Hace demasiado calor. Está a punto de ingresar, cuando una voz conocida a sus espaldas lo frena.

—Nicolás… ¿Sos vos?

Suelta el picaporte.

Mariana observa la escena a través de los vidrios repartidos de la puerta. Algo de lo que está pasando afuera de su librería atrae su atención, pero como los clientes no terminan de decidirse vuelve a sumirse en sus reflexiones.

Gabriel se aproxima a Nico.

Nico se detiene y se da vuelta.

La trama se despliega.

3

—*Sí… ¿Qué haces? Gabriel ¿no?*

—*Sí. ¡Gabriel! Cuatro días viviendo en el mismo hotel y finalmente lograste fijar mi nombre. ¡Bravo compatriota!* —Le sonríe—. *Mirá que estás cambiado sin esa barba che, casi no te reconozco. Ahora se nota lo joven que sos. Todo un galán che. Con la barba parecías más grande.*

—*¡Pero qué exagerado! Nada que ver… Disculpame lo del nombre, soy un desastre para acordarme de los nombres. De verdad. Tardé en registrar el tuyo, pero lo logré, ¿viste?* —Sonríe pícaro.

—*Sí. Nada mal para ser el último día…* —Gabriel le sonríe de vuelta. Nicolás le cae bien. Lo siente muy próximo, aunque no logra explicarse por qué. No llega a tener la edad para ser su hijo, pero casi—. *De verdad… ¡Casi no te reconozco sin la barba! ¿Qué haces por acá? Suerte que te encuentro. En el hotel están todos buscándote. Parece que se adelantó tu vuelo y tenés que ir al aeropuerto antes, o perdés el avión.*— Miente. Ese no es el verdadero motivo—. *Lo escuché por casualidad en el desayuno. Justo un rato después de que te fuiste empezaron a preguntar por vos.*

El conserje del hotel recibió esa mañana un llamado de Buenos Aires informando que la madre de Nicolás había tenido un grave accidente de tránsito, y se estaba muriendo. Debía viajar con urgencia a la Argentina si deseaba llegar a verla con vida. Pero Gabriel no quería ser él quien le diera la mala noticia.

—Volvé pronto al hotel Nicolás. Mirá que si no vas a perder el vuelo che...

—Bueno, gracias… Qué raro lo que me decís, que hayan cambiado el vuelo con tan poca anticipación… Odio tener que correr así. Tenía ganas de despedirme de Cartagena en esta librería, que me dijeron es una maravilla. Pero bueno, todo no se puede. ¿No? Tendré que correr. Entrá vos a disfrutarla por mí. Yo me estoy yendo a Panamá unos días antes de volver a mi laburo en Viena. Es mi primer laburo como médico y lo tengo que cuidar así que ni loco me pierdo ese vuelo. Gracias por avisarme. Tal vez volvamos a cruzarnos en algún otro congreso, ¿no?" Pregunta ya casi de espaldas mientras avanza por la Calle de la Iglesia en dirección al hotel—. ¡Ojalá Gabriel! —Resalta el nombre propio al pronunciarlo—. ¿Viste? Ahora que lo registré no me olvido más de tu nombre. Adiós y ¡buena suerte! —Los dos se ríen.

—Adiós Nico… ¡Suerte!

Su silueta se pierde entre la gente.

Gabriel lo observa alejarse y luego dirige su mirada hacia el piso. Lo apena saber que cuando llegue al hotel Nico verá todos sus planes desbaratados. Probablemente su madre ya haya muerto y no quisieron decírselo por teléfono. Recuerda el día en que murió la suya, la forma en que se lo dijeron. Viaja al pasado y vuelve en un instante. Hubiera querido despedirlo con una palabra de aliento, pero no le pareció apropiado. Lo hace en su mente: "Fuerza Nico". Se imagina dándole un abrazo. No sabe por qué siente la necesidad de imaginar ese abrazo. "Qué ridículo soy", se dice, y reanuda el paso.

Siguiendo su sugerencia decide entrar en la librería.

4

Al entrar divisa a Mariana sentada del otro lado de la barra.

Ella está tan abstraída en su libro que casi ni lo registra. Lo recibe Suzanne Ciani tocando el piano desde los parlantes amurados en la pared y un rayo de sol que pasa a través de una de las claraboyas del techo, enceguecéndolo. Se lleva una mano hacia la frente para protegerse del resplandor y enfocar mejor la mirada.

Entonces la distingue con claridad. Los hombros tostados por el sol, el pelo rubio y salvaje, las pulseras de colores haciendo juego con sus ojos azules. Todo lo que los rodea se congela, en ese instante.

El rayo de luz debe ser una señal, se dice. La evidencia de que el cosmos está señalándolo. Un actor interpretando el papel de su vida, ese es él. En el lugar y el momento exactos. Como si su vida hubiera sido un largo deambular para llegar a este momento.

No puede darse el lujo de dejarlo pasar. No. Se jura a sí mismo que no va a ser un cobarde.

—Hola.

Ella saca la mirada del libro.

—¡Hola! Bienvenido. Adelante… —Lo recibe acomodando el ejemplar de Detrás del Mar *sobre sus faldas—. Discúlpame, estaba abstraída en mi novela. Si quieres puedo servirte un café, o un licuado. Mientras te preparo algo puedes hojear algún libro o una revista, lo que tú prefieras.*

Gabriel siente que el corazón le da un vuelco en el pecho.

—¿Sos argentina?

Mariana sonríe. La sonrisa más bella del mundo.

—Sí. Por lo visto vos también. Debes haber venido para el congreso de cardiología que están haciendo en el Centro de Convenciones, ¿no?

—Sí.

—¿Sos médico?

—Sí...

—Qué linda profesión… Aunque un poco dura, ¿no? Yo fui psicóloga… Hace un millón de años. Bueno, en otra vida te diría. Cartagena es el lugar ideal para los congresos porque después uno puede aprovechar para disfrutar del entorno. La ciudad amurallada parece suspendida en el tiempo, ¿viste? Es maravillosa. Y además tenés cerca unas playas divinas.

—Sí. De hecho, el congreso terminó anoche pero yo pensaba quedarme unos días más para aprovechar y recorrerla un poco más. De verdad que la ciudad amurallada es extraordinaria.

—Sí. Yo llegué de vacaciones hace unos años y nunca más me fui. Me enamoré del lugar. En aquella época el Centro de Convenciones todavía no existía, lo inauguraron en el ochenta y dos.

Se hace un silencio, pero este no resulta incómodo. Todo lo contrario. Gabriel se sienta sobre una banqueta escudriñando en sus ojos. La mira con detenimiento como queriendo cerciorarse de que sea real. Curioso, se inclina hacia ella.

Mariana se deja mirar. Apoya el libro sobre la barra y luego los codos. Acomoda el mentón sobre sus manos abiertas, y sugestiva, le sostiene la mirada.

—Hola… —Le dice en un susurro cómplice que ni ella misma comprende.

—Hola —Responde él con convicción, con alivio.

El mundo se detiene.

Se ilumina.

Rectifica su rumbo y vuelve a girar.

ÍNDICE

Agustina Lawson nació en Buenos Aires. Sus inicios estuvieron ligados a las búsquedas artísticas: la poesía y la danza. Estudió danzas contemporáneas en el Alvin Ailey American Dance Center, en Nueva York. Luego retornó a la Argentina, y a comienzos de los años noventa incursionó en el área de la salud mental ejerciendo como piscóloga clínica de adultos, actividad que realiza hasta la fecha. Terapeuta con orientación junguiana, se especializa en sueños y ensueños. Astróloga egresada de Casa XI, utiliza la carta natal como una valiosa herramienta en los procesos de autotransformación. Formada como psicodramatista con el Dr. Carlos María Menegazzo, coordina grupos de psicodrama asistiéndolo en sus grupos terapéuticos.

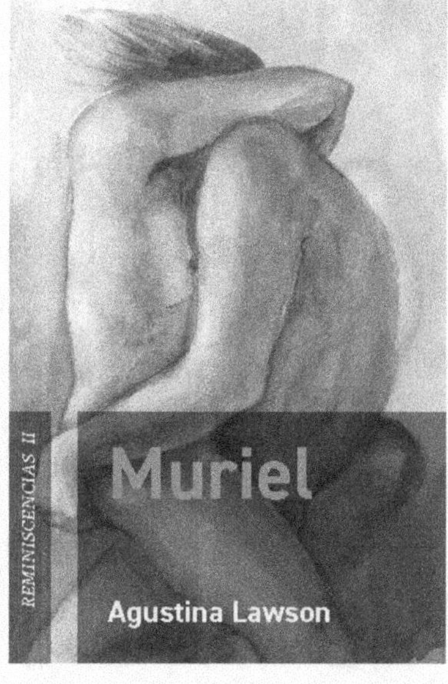

En este libro se utilizaron las tipografías

Garamond Premier Pro y Arno Pro.

www.ingramcontent.com/pod-product-compliance
Lightning Source LLC
Chambersburg PA
CBHW071604150726
48000CB00004B/1591